冷たい握手

衣笠誠治

企業防衛戦争の軌跡

梓書院

この物語は、ある株式会社が企業乗っ取り犯の仕掛けた陥穽に陥る寸前、経営陣と社員全員が一体となって、会社と社員とその家族を守り抜いた、その一部始終を書き記したものである。

著者である私は、社長でありながら乗っ取り犯の操り人形と化して、会社を危険に曝してしまった愚かさを恥じ、この書を通じて、こんな私を最後まで信じて付き従ってくれた全社員に、改めてお詫びと感謝の気持ちを表すために、本書を出版することにした。

同時に、公認会計士や税理士、弁護士を擁した組織的犯罪者集団が、日本に存在したという事実を一人でも多くの方々に知ってもらい、参考にして頂ければと、強く願う。

冷たい握手——企業防衛戦争の軌跡

目次

この物語はフィクションです。
登場する人物・団体・名称等は架空であり、
実在のものとは関係ありません。

冷たい握手

——企業防衛戦争の軌跡

始まりは突然に

ある日、私はベストセラー作家の田代慶介先生から電話を頂戴した。先生は社会派推理小説家が本職であるが、トークイベントを開催したり、編集プロダクションまで持っているちょっとした企業家でもある。私は田代先生の小説が好きで、一度、感想文を送ったことがある。先生はそれに対してきちんとした返事を下さった。そのお礼に、長崎名物の五三焼カステラをお贈りした。そうしたことが機縁で、上京すると先生のお宅にお邪魔をしたりするまでになった。

先生との電話のやりとりは、次のようなものだった。

「うちのプロダクションがコンサルをしてもらっている会社の代表で、屋敷計という、非常に優秀な人物がいてね、たまたま君のことを話したところ、興味を持ったようで、是非、紹介してくれと言われてね。今度、長崎に行くそうだから、活きのいい魚でもご馳走してやってくれないか」

「それはお安い御用ですが、わざわざ長崎までお出かけになるのですか？」

「屋敷さんの会社は、公認会計士や税理士、弁護士の資格を持った優秀な社員がごろごろいてね、仕事は彼らがやってくれるから、屋敷さんは暇らしい。三菱系の閨閥の出で、かなりの資産家のようだから、コンサルは半分趣味でやっているみたいだね。長崎にも旅行気分で行くんだろう。まあ、会って損はない人物だよ。それと屋敷さんの人脈は凄くてね。日本の政財界はもちろんとして、海外にも顔が利くみたいなんだよ。私は今度、アマゾンの創業者ジェフ・ベゾスさんに会えるように、屋敷さんに頼んでいてね……」

私は話を聞いて驚愕してしまった。

そのような人物が、なぜ私に興味を持ったのか、なぜ東京からわざわざ会いにくるのか、見当もつかないが、田代先生が推薦する人なら信頼できるし会ってみたいと思った。また、コンサルタントなら、ひょっとしたらサン・ビレジの経営に関しても、相談に乗ってくれるかもしれないと、私は先生と電話のやり取りをしながら、そんなことを考えたりもした。

サン・ビレジは設立してわずか十年で、社員三百人、会員数二・八万人、売上高三十億円を達成し、九州を中心に、全国十三都道府県に支社を置き、十期連続で増収増益を続ける、子供対象の音楽教室としては、業界大手といわれる企業に成長したが、何しろ手探りでやみくもに突っ走ってきただけに、会社としての体裁や管理体制が伴っていない。そのため経理の細かなミスや在庫管理の甘さなど、管理面での不安が常に付きまとった。私は営業出身のため、営業は得意であったが管理面は大の苦手であった。

この辺りで専門家の指導を仰いで、内実共にきちんとした企業に整える必要があるのかも知れないと、このところしきりに、その考えが私の脳裏に浮かんできていたので、田代先生の電話が何かの啓示のように感じられた。

しかし、東京のコンサル会社が、地方の中小企業を相手にしてくれるかどうかわからない。それにコンサル料金もどの程度のものなのか、見当もつかない。それで恐る恐る田代先生に、その辺りのことを訊ねてみた。すると受話器の向こうで、先生は笑いながら、

「さあ、それは無理かも知れないね。何しろ屋敷さんの所は、東京でも一流会社のコンサルしかしないと聞いているし……。まあ、うちは特別でね。屋敷さんの奥さんと私の妻が親しくしている関係で、屋敷さんの会社を通さずに、彼に個人的に相談に乗ってもらっているわけで、料金は飲み代くらいで勘弁してもらってるんだよ。しかし、ちゃんと契約を結べば相当な料金だろうね。ただ君の所は、わざわざ東京のコンサル会社に頼まなくても、長崎にだってそれなりの会社はあるだろう」

田代先生と私の間での電話は、このようなものだったし、是非、コンサルを頼みたいという気持ちが、私にあったわけではない。ただ田代先生の「長崎にだってコンサル会社は

あるだろう」という言葉には、「はっ」と気づかされた。確かに長崎にだって企業専門のコンサル会社はあるはずだ。そこに頼めばすむことだ。迂闊にも今までそれに気づかないでいた。ただ長崎のどんなコンサルがいいか、その情報を私は持たない。屋敷さんなら同業者間の情報を持っているはずだから、信用のできるいいコンサル会社を教えてもらえるかもしれない。そんな思いからも屋敷計という人に会える日が待ち遠しかった。

運命の出会い

翌日、私は事務員に、

「屋敷計という人から、私に会いたいという電話があると思うから、私の予定にかかわらず、その方の都合に合わせて日時を決めてくれていいよ」

と言い、専務取締役の佐藤郁雄に、田代先生からもらった電話の内容を話した。

「きちんとした管理体制にして体質を強めないと、これ以上の業績の伸びが期待できないからね。それには専門家の指導を仰ぐのが、一番いいと思うんだが」

「確かに各地の支社が、めいめいの考えで動いている現状ですし、組織が急激に肥大化したので、管理面が追い付かず金銭管理も粗っぽいですからね。各支社を統括するためには、内部の管理体制を整える必要がありますね。それももう待ったなしの時期に来ていますね」

佐藤は、以前は小さな楽器店を経営していた。大学の後輩でもある関係で、私はサン・ビレジのいくつかの音楽教室に紹介して、用品の購入に便宜を図ってやっていた。彼の店を紹介したどこの教室でも、彼の評判はすこぶる良かった。私自身、彼と付き合ううちに、責任感の強い誠実な人柄を、目の当たりにする場面が多く、サン・ビレジを会社組織にする時に、専務取締役を引き受けてもらった。彼は自分の店に強い愛着があり、私の誘いに乗るのを渋ったが、店舗の経営を彼の弟が引き継いでくれることになり、それでようやく私の申し出を受け入れてくれた。彼は私が見込んだ通り、これ以上望みようがないほど、実によく専務としての役目を果たしてくれている。十期連続の増収増益も、彼の力によるところが大きかった。だから、私は彼を紹介する時にはいつも、「サン・ビレジにとって、私たち二人は車の両輪です」「佐藤は私の片腕です」と言って、はばからなかった。

「屋敷さんという方、早く会えるといいですね」

「そうだね、田代先生の話では、旅行気分でみたいなことをおっしゃっていたから、いつになるかわからないね」

「当面はお見えになるのを待つことにして、ただ、私たちも独自に、長崎のコンサル会社を当たってみることにしますかね」

「そういうことだね、専務にまかせるよ」


しかし、私たちの思惑を笑うかのように、屋敷は翌日の夕刻にはサン・ビレジに姿を見せた。それも突然、何の前触れもなしだったので、私は事務員が持ってきた名刺を見て、声も出ないほど驚いてしまった。

「専務に、すぐに応接室に来るように連絡してくれ」

と言うと、

「佐藤専務は今外出されていて、外出先からそのまま帰宅されるそうです」

と困った顔を見せた。

「そうか、仕方ないな」

屋敷さんも前もって、電話の一本くらい寄こして下さればいいのに、田代先生から活きのいい魚を食べさせてやってくれと頼まれていたのに、いくら贔屓にしている店でもこんな時間ではいい魚は準備できないだろうし、第一、予約を受けてもらえないかもしれない。それにしても専務がいないと少し心細いな。などと、内心でぶつぶつ呟きながら応接室に

急いだ。後ろから付いてきた事務員に、

「コーヒーを運んでくれ、飛び切りおいしく淹れてくれよ」

と頼んだ。

応接室の中に入ると、背を向けて備えつけの書棚の前に立っている長身の男性がいた。「すっ」とこちらに向きを変えると、まるでダンサーのようなしなやかな身のこなしで、私のほうに歩み寄ってきた。一目で仕立ての良さが見てとれるスーツを着こなしていた。

「衣笠社長ですね」

男性はにこやかな笑みを浮かべると、艶のある爽やかな声を歯切れよく響かせながら、手をさし出した。

「屋敷です。初めまして」

二人は握手をした。初対面で握手するのは日本では珍しい。屋敷の手はひんやりとしていた。

この時屋敷は、私より八つ年上の五十二才だったが、私の目にはまだ四十才になるかならないかに見えた。わずかにウエーブがかかっている豊かな頭髪、張りのある肌、切れ長な目の輝き、形のいい唇から覗く真っ白な歯、そしてこちらを包み込んでしまうような笑顔、月並みな言い方だが、屋敷はイケメンでダンディ、若々しく魅力に溢れていた。しかし、よく観察すれば、彼の本質である酷薄な性格を読み取ることができたはずだが、その時の彼はそれを巧みに隠していたし、私は彼の外見にすっかり幻惑されていた。

「ああ、はい、サン・ビレジの衣笠です」

そう言うのが精一杯だった。初対面の屋敷にすでに主導権を握られてしまっていた。

「失礼して、掛けさせていただきますよ」

彼は当然のように上座にどっかりと腰をおろすと、長い脚を組み、男性にしては細くて長い両手の指を組み合わせて膝の上にそっと置いた。一連の動作が絵になっている。事務員がコーヒーを運んできた。彼は長い指で「くるっ」とカップの向きを変えて持ち上げると、吟味するかのようにゆっくりと口に運んだ。私はコーヒーが彼の口に合うだろうかと、心配しながら彼の口もとを見ていた。今、思い出すと馬鹿馬鹿しい限りだが、そんな些細な事柄にも私は気を遣っていた。その時から私はすでに、屋敷の魅力に取り憑かれていたのかもしれない。

記念すべき日

屋敷は、暫く無言でコーヒーを飲んでいた。私にはその時間がひどく長く感じられた。何か言葉を発しないと間がもたないのだが、何をどう切り出していいか皆目見当がつかないでいる。そもそも屋敷が、私を訪ねてきた理由がわからないのだ。すると、まるで私の腹の中を読んだかのように、彼が口を開いた。

「今日は私にとって、記念すべき日です」

「はあ……」と言ったまま、後が続かない。私の困惑ぶりを揶い上げるように、屋敷が「にっ」と人なつこい笑みを浮かべた。

「衣笠社長にお目にかかれた日だからですよ。社長はご自分ではお気づきでないようですが、実にいい人相をしておられるんですよ」

「私の人相がですか?」

「そう、実は私は職業柄、これまで多くの社長さん方とお会いしてきました。それで分ったことがあるんですよ。一流企業、もしくは一流の社長さんは、どなたもいい人相を持っておられます。具体的に眉がどうだの、耳や鼻の形がどうだのと言うのではなくて、これは私の勘とでも言いますか、何かぴんと来るものがあるのですよ。衣笠社長には特に響くものがあります。こんなにいい相を持った方には、正直、滅多にお目にかかれません。ですから記念すべき日だと申し上げたわけですよ」

「私が？　まさか、そんな……」

「間違いありません。ただ、失礼を承知で申し上げますが、この会社は長崎では皆が知っているかもしれませんが、東京では無名です。しかし、衣笠社長が日本一の社長になれる相を持っておいでだから、サン・ビレジも、当然、日本一の会社に成長すること請け合いです」

私はもう一度「まさか」と呟いたが、屋敷が言っていることが、まるまる信じられないとしても、その半分でも当たっていれば、サン・ビレジはもっと大きくなれるのだと、ふっと、彼の言葉に賭けてみたくなった。

私の表情から、屋敷は「うまくいった」と覚ったと思う。彼の口元がほころんだ。私はしかし、彼の笑顔を、私に好意を抱いている証のように感じてしまった。

「お世辞だとしても、何だか嬉しいですね」

屋敷はきっと表情を改めると、まっすぐに私の顔を見据えた。

「誤解をなさらないで下さい。幸いなことに私は人にお世辞を言う必要がない境遇にいます。衣笠社長にお世辞を言ったと思われると、とても残念です」

私はあわてて、顔の前で手を振りながら打ち消した。

「申し訳ありません。その、あんまりほめられたので、驚いてしまいましたもので……」

「まあいいでしょう。初対面の方に対して、少し刺激が強かったようですね。しかし、私が言ったことは本当ですよ。いずれサン・ビレジさんは、日本一の会社になるのは確かだし、衣笠社長が日本一の社長になるのも間違いありません」

「しかし、それにはやはり、何かそれなりのやり方が必要でしょうか?」

と私が言うと、

「勿論、今のままでは地方で頑張っている、一企業のままでしょうね」

屋敷はそう言い放つと、こちらの出方を伺うように、ゆっくりとコーヒーの残りを飲み干した。

三つの経営課題

「やはり、コンサルタントの指導を受けたほうがいいのでしょうか？」

私は恐る恐る口にした。直接、屋敷にコンサルをお願いしたいとは言い出しかねた。一流企業のコンサルしかやらないという、田代先生の言葉を聞いていたし、目の前の屋敷の態度からも、それを信じさせるような雰囲気を感じていたからだ。

するど、屋敷が吹き出しそうな顔で、

「わざわざコンサルタントに頼む必要はありませんよ。長崎のコンサル会社だって、頼めばそれなりの料金は取るでしょうから」

「しかし、どうやっていいのか……」

少しの間、黙っていた屋敷が、真っ直ぐに私の目を見つめて言った。

「衣笠社長、今の御社の経営課題は何ですか？」

とっさの質問で、すぐにはうまく言えなかったが、日頃から佐藤専務と話し合っている問題点を、いくつか思いつくままに口にした。

サン・ビレジは創業以来、音楽教室の会員は毎年増え、増収につながっているのだが、指導者不足が悩みだった。新卒者からある程度のエントリーはあるのだが、何らかの楽器が得意で、且つコミュニケーション能力にも長けた人材は少なく、せいぜい毎年三十名程度しか採用できないでいる。その解決策として、指導者を志願してサン・ビレジを落ちた学生を集めて、一年間鍛えて入社させる「就職アカデミー」のようなものを作りたいという構想を持っていた。ただ、それは構想のまま具体的には全く手つかずである。

それから、音楽教室の練習場として、学校の音楽室を放課後や休日に利用させてもらいたいのだが、なかなか許可が下りずに苦労をしているということ。

この二つに加えて、会社の内部事情になるが、管理部が素人ばかりなので、問題がたくさん起きている。その起きた問題の対処法にも疎くて、困っていること。

取りあえず以上の三点が、当面の問題点だろうかというようなことを話した。

屋敷はいちいち頷きながら黙って聞いていたが、私が話し終わるとすぐに、

「よくわかりました。その三つの問題の解決方法を、私なりに考えてみましょう」

とさらりと言う。驚いた私の顔を、屋敷は面白そうな表情を浮かべて見ていたが、すぐに覆い被せるように続けた。

「長崎マリオットホテルに、宿をとっています。それで今夜七時に、ホテルにあるフレン

チレストランにおいで下さい。そこで食事をしながら、ゆっくり話し合いましょう」

私の頭の中は混乱していた。ヤシキコンサルがサン・ビレジのコンサルをしてもいい、と言っているようにもとれるが、まさか、それはないだろう。とすると個人的にこの程度の相談なら、聞いてやってもいいよということだろうか。

それにしても私の都合を聞くこともなく、一方的に今夜七時に食事に来いとは、いささか強引ではないかと思ったが、それも一瞬のことで「わかりました。伺います」と答えていた。

今思うとこの時からずっと私は、彼には逆らえなかったような気がする。しなやかさの中にも、強い父性を感じさせるリーダーシップ、ある意味での強引さを彼は確かに持っていた。ただ、私一人で屋敷と向き合って話し合う場面を想像すると、何となく不安だった。

それで、

「専務を連れて行っても構いませんか。佐藤郁雄という者ですが、私の片腕なんです」

と訊ねた。

「無論、構いませんよ。それに会計の責任者にもお会いしたいですね。一緒にお連れ下さい」

私はほっとした。二人より三人のほうが心強い気がしたからだ。

三人で会う

屋敷が引き上げていった後、私は佐藤に連絡をとって至急帰ってくるように言い、経理部長の大岡修二には、佐藤が帰ってきたら二人揃って社長室まで来るようにと伝えた。

三人が揃ったのは、それから三十分ほどが経ってからだった。

私は佐藤と大岡に、屋敷と話し合った事柄をかいつまんで話し、その屋敷と今晩七時に会食をすることになったから、一緒に行くようにと伝えると、二人は顔を見合わせてきょとんとしている。突然のことで驚いているのだ。

「サン・ビレジの問題を解決する方法を、考えて下さるということなんでしょうが、我々としてはそれをどう受けとめるか、どうもよくわかりませんね」

と、佐藤は戸惑いを隠さない。

「相談に乗って下さるということは、コンサルをしてもらえるということですかね。それとも食事をしながらの雑談の話題程度に考えておられるのですかね」

「さぁ、それが私にもよくわからないから、そこのところをきちんと確かめたいと思っているんだ」

「大丈夫ですかね。コンサル契約を知らないうちに結ばざるを得ないようになったりしませんかね」

と、大岡は疑わしそうな表情を浮かべている。彼は猜疑心が強い。だから、会計の責任者には適任だと思っている。会ったばかりだというのに、私は屋敷に魅せられ、凄い人だと思い込んでいるが、ひょっとしたら見誤っているかもしれない。厳しい見方をする大岡の目も必要なのだから、彼が共に行くことになって良かったと、私は素直にそう思った。

「まあ、君たちはまだ屋敷さんに会ってないから、不安かも知れないが、会えば分かるよ。作家の田代先生のご紹介でもあるので、人物的には間違いないし。多分、サン・ビレジに好意を持ってくれていて、個人的に相談に乗ってくれるつもりじゃないのかな。私はそういうふうに感じたし、そもそもヤシキコンサルは、一流企業のコンサルしかしないんだよ」

「会計の責任者にも会いたいと言われたのは、サン・ビレジの実情を知りたいということでしょうから、やはり個人的にある程度はコンサルしてもいいという、意思表示をされているとも思われますね」

佐藤が穏やかな口調で言った。彼は大岡とは違って、こちらが心配になるくらい、誰でもすぐに信用してしまうお人好しのところがある。しかし、さすがに専務だ。大切な所はちゃんと押さえていると思った。

「ということは、前期一期分の決算書くらいは、持って行ったほうがいいんですかね」

大岡があわてたように言う。私もはっとした。会計の責任者に会いたいということは、経理面の質問をしたいということだろう。そのためにはせめて前期の決算書くらいは持参していないと、大岡も答えに窮するだろう。細かな数字をいちいち覚えているはずはないのだから。

「そうだね。前期の分だけでも、全部でなくて最低必要と思われるところを、コピーして持って行くほうがいいかも知れないね。まあ、実際にそれが必要になるかどうかは、その時次第だけど」

大岡は決算書をコピーするために、大急ぎで社長室を出て行った。

見事な解決策

三人は午後七時の十分ほど前に、指定された長崎マリオットホテルのフレンチレストランに着いた。ホテルは稲佐山の中腹にあり、良く晴れた夜空の下、夜景がまばゆい程美しい。小部屋が用意されていて、屋敷はもうそこにいた。少し前にサン・ビレジで見た、びしっとしたスーツ姿とはうって変わって、ベージュ系のツイードのジャケットを無造作に羽織っている。インナーは薄手の白いセーターで、首もとから淡いブルーのスカーフが覗いている。これが東京風のお洒落だと、見せつけられているようで、私は内心「敵わんな」と呟いたが、恐らく佐藤も大岡も、同じように感じていたのではないだろうか。

私たちはと言えば、三人とも俗にどぶねずみ色といわれるダークグレイの、多少の色調の違いはあるが、似たりよったりのスーツをまとっている。そんな野暮ったい三人を、屋敷はにこやかな笑顔で迎え、「さ、どうぞ」と、順に席を勧めていく。屋敷はここでも当然というように上座を占めた。今晩の席は、屋敷がホスト役のはずで、それなら下座に着くのが当然ではないのかと、私は違和感を覚えた。しかし、すぐに彼が一番の年長者だから、そういう流れで席を決めたのだろうと考え、私自身のつまらないこだわりを恥じた。

料理が運ばれてきて、暫くは雑談が続いたが、いい頃合いと見計らったのだろう、不意に屋敷が両手を頭の高さに持ち上げると、二、三度軽く打ち鳴らした。

「今から、本日の本題を申しあげます。どうぞお聞き下さい」

と、張りのある声を響かせた。三人は顔を見合わせた。誰もが緊張している。

「本日、今から数時間ほど前になりますが、衣笠社長からサン・ビレジ社の直面する経営課題を教えていただきました。課題は三つありました。佐藤専務と会計の責任者である大岡部長のお二人は、職責上、当然、この三つの課題を衣笠社長と共有されているはずですね？」

佐藤と大岡が、同時に頷いた。

「簡単に言葉を絞って言いますと、第一点は、指導者の養成機関のこと、二点目が、音楽教室開催用の学校の音楽室使用の件、それから社内の管理体制のこと、この三点です。間違いないですね」

今度は私も加わって、頷いて見せた。

「私はあれからホテルに戻って、この三つの課題の解決法を考えました。出した結論がこれです」

屋敷はテーブルの中央に、Ｂ４の用紙を置いた。それには「一、学校法人の取得　一、全国音楽教師評議会の推薦文の取得　一、公認会計士による管理部の構築」と、筆文字で書かれていた。達筆である。「何でもできる人なんだな」と、私の屋敷に対する畏敬の念は、さらに増し加えられた。屋敷は文字を指でたどりながら読み上げ、説明を加えていった。

「まず、指導者養成機関ですが、これはサン・ビレジが、学校法人を取得する。これで解決ですね」

「学校法人を取得」という言葉が、屋敷の口から余りにもやすやすと出てきたので、私は心底驚いた。

「学校法人なんて、そんな大規模なものではなく、私塾といいますか、アカデミーみたいなものでいいのですが」

佐藤も大岡もやはり驚いた表情で、ぽかんとしている。

そんな私たちに、屋敷は冷ややかとも見える視線をちらっと送った後、

「衣笠社長、私に相談されるのであれば、そんなちっぽけな考えは捨てて下さい。私の頭の中には、私塾なんてイメージはありません。学校がそんなに簡単に手に入るのかと、ご心配されているようですが、ヤシキコンサルは、全国にいくつも学校を持っています。この長崎にもぴったりのものがあります。まあ、具体的には、いずれしかるべき時にきちんと説明いたします」

私は黙ったまま頷くしかなかった。

「次に、学校の音楽室使用の件ですが」

屋敷は脇に置いていたバインダーの中から、一枚のカラーコピーされた用紙を取り出した。

それには「全国音楽教師評議会」という組織が、「一般社団法人少年少女吹奏楽協会」という団体を後援するという内容が書かれていた。その紙を私の目の前で、ひらひらさせながら、

「これが衣笠社長が望んでおられる、特効薬ですよ」

と言った。

学校の音楽室は、安全面・集客面などで音楽教室の練習場に適しているのだが、音楽室を株式会社には、なかなか貸してはくれない。私は「全国音楽教師評議会」が、どんな組織か知らなかったが、音楽教師の団体ということはわかる。そこを通じて利用許可がもらえるなら、こんないいことはないのだ。私はすぐに、屋敷に感謝の意を伝えた。

「さて、三番目の問題である、管理部の構築ですが、これは簡単です。管理部にプロフェッショナル、公認会計士を置けばすむことです」

屋敷はそう言いながら、大岡に目をやった。

「経理の責任者の大岡部長に、お訊ねします」

大岡がはっとしたように上体を伸ばした。

「失礼ですが、公認会計士か税理士の資格をお持ちですか？」

「いえ、そんなものは……」

屋敷はすぐに視線を私に移すと、

「サン・ビレジが、これから伸びていくためには、絶対にプロ、有資格者が必要です」

「うちでは決算書なんかは、外部の会計事務所にお願いして、そこの税理士の方にちゃんとチェックをしてもらっています。これまで税務署からも、一度も指摘を受けたことはありませんが」

私は大岡に言って、決算書のコピーを出させた。

「これは前年度一期分の決算書の写しの一部ですが、こんなふうにきちんと処理していま す」

私は大岡が面と向かって、侮辱されたような気がして、精一杯の思いで抗議した。それに対して屋敷は、決算書のコピーには一瞥も与えずに、例の包みこむような微笑を浮かべて言った。

「大岡経理部長は、実によくやってこられたと思います。それは確かです。今まではそれで良かった。しかし、これからはそれではいけません。決算の時だけ外部に頼むなんて、悠長なことを考えてはいけません。日々の細かな金銭の動きを、残らず把握して対処していかないと、会社の経営は成り立ちません。月次決算書も、少なくとも翌月五日までには出さないといけません。公認会計士は最難関の試験に合格し、その資格を得た専門家です。

そのプロの厳しい目が、隅々まで行き届くことで内部のあらゆる部門が、きちんと組織だって構築されるのですよ。例えは悪いですが現在のサン・ビレジは、主人が社長で、奥さんが会計をやってる、その辺の町工場の感覚ですよ。その感覚からの脱却をはかりましょう。日本一の会社になるのだという、共通の目標を立てて、がんばっていけば必ずそうなります。私が保証しますよ」

町工場の感覚と言われて、私たちはしゅんとなったが、言われていることの一つ一つは、もっともなことだと誰もが思っていた。月次決算書は、五日どころか月末ぎりぎりで出てくる有様だし。

帰りのタクシーに乗ると、すぐに大岡が感心したような口調で言った。

「凄い人ですね。短時間の間に、あれだけの策を考えつくのですからね」

何事も疑い深い大岡が、屋敷のことを「凄い人」だと言ってくれたことで、私はやはり屋敷のことを見誤っていなかったと確信した。

「うん、やっぱり、一流のコンサルタントと言われる人は違うんだね」

「屋敷さんは、サン・ビレジのコンサルをして下さるつもりなのですかね。一流企業のコンサルしかしない方なのでしょう?」

佐藤がぽつりと洩らしたが、それは私も不安に思っていることだった。ちゃんとその点を確かめておくべきだったが、一蹴されるかも知れないと考えると口にできなかった。

「そうだね。さっき提示されたのは、あくまでヒントであって、あとは自分たちで動きなさいということかも知れないね」

私たちはまたしゅんとなったが、「学校を持ったらいい」と言われた時には、具体的に説明をする云々と言われたことを思い出した。

「あそこまで具体的に提案してくれたのだから、その始末はちゃんとしてくれるさ」

私は楽観的だが、大岡には経理部長としての立場がある。

「しかし、前もってきちんと契約を交わさないと、曖昧なままでは、あとから法外なコンサル料金を請求されることだってありますよ」

「そうですよ。東京の一流企業なみのコンサル料金は、とても払えませんからね」

佐藤も同調した。

「わかった。サン・ビレジをコンサルしてもらえるのかどうかをまず訊ねて、もし、してもらえるのであれば料金はいくらか、この二つを確かめる必要があるということだね。それは私の役目だから、責任持って確かめることにする」

「そうですね。もし、してもよいということだったら、屋敷さんの指示通りに動けばいいし、駄目な時は屋敷さんが考えてくださった案を、我々が実践していくことになりますね」

佐藤が出した結論に、私も大岡も異論はなかった。

連日の悪夢

その夜、私は恐ろしい夢を見た。

私は会社の応接室で屋敷と向き合っていた。昼間に突然、屋敷がサン・ビレジを訪ねて来て、私が応対した、そのままの場面の再現だった。屋敷はにこやかな微笑を浮かべて、何事か私に言っていたが、何が気に障ったのか、突然、恐ろしい表情に変わり大声で私を威嚇した。同時に、屋敷の顔は得体の知れない巨大な化け物の顔となり、私を執拗に追い回し始めた。私は悲鳴を上げながら逃げまどった。しかし、とうとう化け物に掴まり、恐怖のあまりさらに大声を上げたところで目が覚めた。化け物に掴まったと思ったのは、妻の葉子の手が私の体を揺すっていたのだ。

「どうしたんですか、ずいぶんうなされてましたよ」

葉子が心配そうに私の顔を覗き込んだ。

「ああ、変な夢を見てね。化け物が出てきたんだ」

「まあ、いい年をして、お化けの夢でうなされるなんて、子供みたい」

葉子はおかしそうに笑ったが、私は何とも言えない後味の悪さを覚えていた。にこやかな屋敷の表情が化け物に変わった、そのことに意味があるのだろうか、ひょっとしたらこれは俗に言う正夢で、屋敷を信用すると、とんでもないことになるという警告かも知れないと、そんなことをあれこれ考えていると、それからは一睡もできなかった。

翌日、出社した私は、佐藤に夢のことを話そうかとも思ったが、葉子から「子供みたい」と笑われたことを思いだして、話すのをやめた。

ところが、その夜もまた同じ夢を見て葉子に起こされた。脇の下が汗でびっしょりと濡れていた。

「また、お化けの夢ですか」

さすがに葉子は、笑いはしなかったが、あきれたような顔をしていた。

「うむ、何か意味があるのかなあ」

「さあ、昨晩はあまり眠ってないからじゃないですか。睡眠不足のせいですよ」

「そうかなあ」

「そうですよ」

日中は二晩続けて同じ化け物が出てきて、追い回された夢のことが気になって、いつもより仕事に集中できなかった。睡眠不足のせいで体が重く食欲もなかった。まさか、三日続けて同じ夢を見ることはないだろうと、夜は早めに床についた。ところが、そのまさかが起こってしまった。まったく同じように巨大な化け物と化した屋敷の顔が、逃げても逃げても追いかけてくる。私は悲鳴を上げ、その声で飛び起きた。葉子も起き上がって気づかわしそうに私を見た。

「なにか心配事でもあるのですか。毎晩、おかしいですよ」

「いや、特には……また同じ夢だ」

「何か意味があるのかも知れませんね。同じ夢を続けて見るわけですから」

予知夢というものが本当にあるとしたら、私が三晩続けて見た悪夢は、まさにその予知夢だったに違いない。柔和な屋敷の顔が化け物のそれとなり、次第に巨大化して私を追い回す、夢の中のプロセスそのままを、現実として私はそれから三年にもわたって、つぶさに味わうことになるのだから。屋敷の悪魔性を、夢の中でちゃんと教えてくれていたのに、私はうかつにも、その意味を深く考えることをしなかった、その報いかもしれないが、尋常でないほど大きなツケを支払わされたのだ。

しかし、今は屋敷の奸計にやすやすと乗った私自身に甘さ、慢心などがあったからだと猛省している。悪事は一方からの行為だけでは完遂しない、受ける側の態度にも問題があるのだと。

悪夢は三回で終わり、その後、二度と同じ夢を見ることはなかった。それで私自身、その夢のことはすっかり忘れてしまっていた。

ぬかるみへの一歩

長崎マリオットホテルの会食から、一週間ほどが経った頃、屋敷がまたなんの前触れもなくサン・ビレジを訪ねてきた。

屋敷からサン・ビレジのコンサルをしてもらえるかどうか、確認を得るいい機会だと思ったので、私は佐藤と大岡を立ち会わせることにして、二人を応接室に呼んだ。屋敷は今度は一人ではなく、筑波大学卒で公認会計士の資格を持つ中山昌俊を連れていた。中山はこの時まだ二十七才で、公認会計士という歴とした資格を持った若者には見えないほど、頼りない感じで何か言うにもしどろもどろ。見ているこちらが、もどかしく思うほどだが、かえって誠実な人間性が感じられ、私はすぐに好意を持った。

「お若いのに、立派な資格をお持ちなんですね」

と、大岡が感心したような面持ちで、中山から渡された名刺と、彼の顔を交互に見ている。

「資格は持っていても、うちに来たばかりなのでまだ見習いです。私や他の者がうちのコンサル先などの企業に連れて回って、勉強させています」

屋敷の口調には、突き放したような冷たさがあった。なるほど、公認会計士という社会的にはトップクラスの資格を持っている者も、見習い扱いで鍛えているのだなと、私は屋敷の社員を育てる姿勢に感心していた。それに加えて、新人を勉強させるために連れて回る企業の一つに、サン・ビレジを選んでくれたことにも感激した。私がそのことを口にすると、屋敷は、

「前にも言いましたが、御社はいずれ、日本一、いや、世界一にだってなり得る会社です。私はこれまで何千という数の社長を見てきましたが、衣笠社長は日本一の社長になる器の持ち主ですし、その衣笠社長が率いるサン・ビレジは、日本一、世界一の会社になります。中山にも今と将来のサン・ビレジを見せてやりたいと思っているのですよ」

普通に聞けば、歯が浮くようなせりふだが、屋敷が言えば、すっと胸の中に滑り込んで

くるから不思議だ。

「ということは、屋敷さんが、サン・ビレジのコンサルをして下さるということですか」

私は、佐藤と大岡の表情をうかがいながら言った。二人とも頷いている。

「うちは本物しか相手にしませんからね」

屋敷は曖昧に表現するが、コンサルティング契約を交わすことが、すでに決まっているかのような巧みな話の運び方だ。私は嬉しさを隠しきれずに「よろしくお願いします」と頭を下げた。

「しかし」と屋敷は、難しい表情を浮かべた。

「しかし、契約するためには、三期分の決算書と秘密保持契約書が必要です」

とっさに、屋敷がサン・ビレジとコンサルティング契約を結んでいいかどうかを、三期分の決算書を見てから判断するのだろうと考えて、私は「わかりました、ご指示通りに致します」と答えた。

しかし、よくよく考えれば、「サン・ビレジは、日本一の会社になる、それを保証する」と、いうのであれば、決算書を見てから決める必要はどこにもないのだ、という矛盾に気づくべきだった。この屋敷のリクエストは、サン・ビレジに、現金がいくらあるかを確認するためのものだったのだ。だが、私はもう屋敷に魅了されてしまっていたので、多少の矛盾には、目をつぶるようになっていた。

その日、私は屋敷が差し出した「秘密保持契約書」を預かり、それに署名捺印し、三期分の決算書とともに、翌日、東京のヤシキコンサル本社まで祈るような気持ちで送った。

コンサル契約締結

屋敷がサン・ビレジを三度目に訪問してきたのは、その月の末日だった。今回は中山の他に、やはり公認会計士の今里良介と、元証券マンという柴田翔太の三名を連れていた。今里は三十を幾つか超えているようだ。前回、弊社に来た中山の先輩で、彼をヤシキコンサルに引っぱってきたという。また、京都大学を卒業後、大学で講師を務めていたとも紹介された。そのせいだろう、今里は何かと中山に指図をしていた。ただ、その口調は丁寧でしっかりしているが、立ち居振舞いはなよなよとしていて、軟体動物を連想させた。この人もとても悪いことができるような人物にはみえなかった。

柴田もまだ三十にはなっていないだろうが、背筋をピンと伸ばし、スーツ姿が身についていて、元証券マンという経歴もうなずける。大学は早稲田を出ているとのことだった。ただ、他の二人と違って、何も資格を持っていないというせいだろうか、あからさまに屋敷から、二人よりも格下の扱いをされていた。ヤシキコンサルでは、社員間に厳しい身分差があるのかも知れないと感じた一瞬だった。

「今日は先日申し上げた、サン・ビレジが学校法人を取得するという件で伺ったのです。ちょうどいい学校が長崎にあるんですよ」

屋敷がこんなにも早く、サン・ビレジのために動き始めてくれていることがわかり、私は感激した。この思いは、佐藤も大岡も同じだったようで、二人は目を輝かせて屋敷を見ている。

「この近くにある『長崎テクノロジー学園』といって、プログラマーを養成する専門学校なのですが、実は、この柴田がそこの理事長をしてるんですよ。それで今日は、柴田を連れてきたわけです」

私は若い柴田が、理事長だというのに驚いたが、それよりもプログラマー養成というのが心配になった。しかし、その心配を屋敷は、

「学科を加えれば、全然問題ありませんよ」

と軽く一蹴した。そんなことも知らないのかと、屋敷から見くびられたような思いで、

私は思わず下を向いてしまった。しかし、この私の卑下したような態度が災いしたようだ。

「さてと」

急に屋敷は語調を改めると、大岡に鋭い視線を向けた。

「大岡経理部長にお伺いしますが、この前、青山銀行には取引がないと言っていたのに、決算書を見たらありました。銀行情報は大小にかかわらずきちんと把握していないと、あとあと取り返しのつかない事態になりますよ」

強い語気でというのではなく、むしろ低くトーンを押さえた口調なので、かえって凄味がある。大岡は、うつむいて、顔色は真っ青になっていた。

短・長期の借り入れなら、はっきりと把握しているのだが、指摘されたのは「当座貸越」という一定の限度内なら、いつでも融資を受けられる商品で、当時は利用していなかったので、これを取引とは認識していなかったのだ。そこまで責められることではないと、私は思ったが、厳密に言えば明らかにこちらのミスなので弁解しても始まらない。私と大岡それに佐藤も頭を下げて、「申し訳ございませんでした」と謝った。

「いやいや、社長や専務にまで頭を下げられると恐縮してしまうな。とにかく会社の経営は、経理面をしっかりすることが肝要だから、経理部長には、その意識を強く持っていてもらいたいので、大岡経理部長にちょっときつく言ってしまったね、少し言い過ぎたかな」

屋敷はいつもの穏やかな笑顔を浮かべている。こんなに素早く表情を切り替えることができる技量を持つ、屋敷の真の姿を垣間見たような気がした。一瞬だったが、私の胸の中をこのままでいいのだろうか、という不安な思いが横切ったのは確かだ。後になって気づいたのだが、社長の私と専務の佐藤に比べて、経理部長職の大岡は格下になる。その格下の大岡一人を責めることで、私と佐藤にまで頭を下げさせた。つまり、屋敷とサン・ビレジの三名の上下関係が巧みに仕組まれ、構築されてしまったのだ。

ただ、その時には屋敷のそのような狡猾さには、全く気づきもせずに、まるで、自分の部下の失態を叱るように大岡に対応してくれた。一流のコンサルは、言うべきことは「びしっ」と言うんだ。流石だと私は屋敷に心の中で感謝さえしていた。

屋敷は我々三人が、しゅんとなっている時を逃さずに、コンサルティング契約書と標記された一通の書面を、にこやかな笑顔と共に差し出して、私に署名と捺印をするように求めた。ヤシキコンサル側の署名と捺印は既に終わっていた。私は屋敷がサン・ビレジの未来に期待して、コンサルをしてくれる決心をしてくれたのだと思い込み、有難い思いで署名し躊躇なく会社の実印を押した。

こうして、サン・ビレジとヤシキコンサルは、正式にコンサルティング契約を交わしたのだ。私は屋敷がこれまでに再三、サン・ビレジは日本一の会社になり、衣笠社長は日本一の社長になると言っていたことを信じ始めていた。一流企業しか相手にしないヤシキコンサルが、弊社をコンサルティングしてくれることで、一流と呼ばれる企業、音楽教室業界では日本一の企業になれるかもしれないと思い始めていたので、正式に契約できたことを手放しで喜んだ。

その上、「ヤシキコンサルのコンサル料は高いのではないか」と、心配していたことまで覚えていて、

「コンサル料金については、うちからサン・ビレジさんへ派遣した社員の実費と、毎月のコンサル料二〇万円以外は一切頂きませんよ。ただし、お約束していたように、サン・ビレジさんが日本一の会社になった時には、見直しさせて頂きますから」

と、大変な気遣いもしてくれたことで、一層、屋敷に感謝の念を抱いてしまった。

その夜は、私が贔屓にしている活魚料理店に屋敷たちを案内した。こちらからは、私と佐藤、大岡の三人に加えて、まだ若い音成敏司を連れていった。音成は入社して数年にしかならないが、真面目で明るく、よく気がつく性格なので総務の仕事をさせていた。宴席では細々と動いてくれる者が必要だ。彼ならその役にうってつけだろうと判断したからだ。

料理店の主人に活きのいい魚の手配を頼んだので、屋敷たちも満足気に顔をほころばせて、話に興じている。いい雰囲気なので気を許して酒を飲み過ぎたのか、大岡が屋敷にまるでからむように、質問を始めた。大岡の酒癖はあまり良いものでなく、時々出るパワハラ的な発言が、社内で問題になったことがあった。

「どうしてヤシキコンサルさんは、会社案内やホームページがないのですか？」

「うちはそんなことをしなくても、クライアントが順番待ちだから必要ないのですよ。なあ、今里君」

今里は笑みを浮かべながら黙って頷いた。屋敷は余裕綽々で続ける。

「お客が来ないコンサルは、派手に宣伝するからね」

大岡は昼間、屋敷にきつく言われたことを根に持っているのか、執拗に迫る。

「一流企業のコンサルしかしないって言われましたよね。どんな一流企業のコンサルをなさってるんですか？」

私の耳にも彼の執拗さが不愉快に聞こえるので、「いい加減にしろ」という意味を込めて、大岡の腕を軽く叩いた。

屋敷はしばらくの間は、例のにこやかな笑顔を浮かべていたが、突然、怒鳴り声を上げた。

「お前、そんなにうちを侮辱するなら、徹底的につぶしてやるぞ！」

その剣幕の凄さに、私は手に持っていた盃を取り落とすところだった。佐藤も絶句してぽかんと屋敷を見ている。音成に至っては震え出しそうな表情で体を硬直させていた。肝心の大岡もどうしていいかわからない様子で、目だけをキョロキョロと動かし、様子をうかがっていた。

佐藤がようやく、

「お前が悪い。謝りなさい」

と、大岡に助け船を出して謝らせた。私も佐藤も頭を下げ、その場は事なきを得た。

当時、ヤシキコンサルが実際にコンサル契約を交わしていた企業は、うちを含めて中小企業の三つか四つに過ぎなかったはずだが、大企業が順番待ちをしていると大言壮語している手前、大岡の質問で傷口を抉られる気がしたのだろう。嘘で固めた自分を誤魔化し守るために、屋敷は怒鳴ることしかできなかったのだと思う。ともあれ、この一件で温厚なジェントルマンという屋敷の印象が消え、実は、荒々しい気性の持ち主でもあることを私たちは知ることとなった。

大岡はその後、ヤシキコンサルに経理面の能力不足や管理面の杜撰《ずさん》さを、数か月に渡り指摘され続け、自ら退職するに至った。これは屋敷の指示であることは明白で、屋敷の執念深さを物語っていた。言葉通り大岡は潰されたのだ。

しかし、これも念密な計画の元になされたことであることが、後にわかることになる。

学校法人を入手

それから二か月後、サン・ビレジは、ヤシキコンサル所有の「長崎テクノロジー学園」を、五千万円で購入することになった。購入といっても学校法人の場合、株式があるわけではなく、理事長と理事の交代ですむので、私が理事長で他の役員や社員が理事に就任することで、手続きは簡単に終わった。

専門学校を購入したと言っても、古い賃貸ビルを一棟借りしただけのもので、毎月、家賃を支払う必要がある。五千万円は高いという声もあったが、専門学校を一から作るには、それ相応の面倒な手続きがあることを思えば、理事の交代程度で入手できたのだから、それはそれで良かったと思っていた。

ただ、こう書けば、いかにもヤシキコンサルが、サン・ビレジのために骨を折ってくれたように受け取られかねないが、屋敷は以前からこの学校の売却先を探していて、サン・ビレジが音楽教室指導者の学校経営を企画しているという話をどこかで聞き、作家の田代先生を利用して巧みに我が社に近づき、タダ同然で乗っ取った専門学校を、まんまと高額での売却に成功したというのが真相だ。何もかも後から分かったことで歯噛みをする思いであるが、私は最初から屋敷の掌に乗せられ踊らされていたのだ。

しばらくすると、公認会計士である今里が出張ベースでサン・ビレジを頻繁に訪れるようになった。管理部が弱いと屋敷に告げて、その対応を頼んでいたので、彼が実行に移してくれたのだと私も佐藤も喜んだ。今里に管理部構築の一切をまかせることにした。

すると、今里は独断で「サン・ビレジ管理本部長・上場コンサル統括責任者」と、称する名刺を作り、それを取引先などにばらまき始めた。当初、少しおかしいと思ったが、それによりサン・ビレジで彼の仕事がしやすくなればいいと思いなおして、黙認することにした。不思議だったのは、上場コンサルという文言だった。これまで私は一度も上場したいなどと、屋敷たちに言ったことがなかったからだ。しかし、今里は上場コンサルを、これまで多数の会社でやってきたという触れ込みだったし、サン・ビレジは上場の準備を始めるほど大きくなったのだと、周囲に思ってもらえるのも得策かも知れないと、これについても問いただすことをしなかった。

今里が送りこまれてから短期間のうちに、さらにヤシキコンサルから五反田さゆりと園田昭一の二人が送り込まれてきた。五反田は上場企業での秘書経験者と紹介され、私の秘書となり、身辺に常に張りつくようになった。園田はこれも公認会計士で、一橋大学を卒業し監査法人勤務を経て、ヤシキコンサルの社員となった人物だ。彼もまだ若く二十代半ばである。

園田はヤシキコンサルからの派遣社員として、辞めた大岡の代わりに経理部長に着任したが、サン・ビレジの銀行交渉も担当するようになり、経理部と財務部を兼任することになった。それまでは社長の私が銀行対応をしていたので、随分気持ちが楽になった。銀行交渉ほど神経をすり減らすことはないからだ。

園田は屋敷に「融資担当は役員じゃないと、銀行に恰好がつかないです。権限を持っていないと軽く見られてしまうので」と、訴えたとのことで、私は「園田を取締役にしてもらえませんか」と、屋敷から打診された。派遣の身分に変わりはないので、役員と言ってもあくまでも一時的なものとも言われた。そこで私は、園田をサン・ビレジの取締役に就任させた。一橋大学卒で、公認会計士の資格を持つ経理財務担当役員の誕生は、銀行からも歓迎された。

ヤシキコンサルの社員がサン・ビレジの役員となったのは、この時が最初で、役員構成は私、佐藤専務、関本常務、そして、ヤシキコンサルからの派遣役員の園田の四人となった。その他にもヤシキコンサル社の社員の三人も派遣され、管理部門のサポートにあたった。ヤシキコンサルでは、これだけの公認会計士や社員を九州の小さな会社に送り込んで、他のコンサル先の業務に支障がでないのかと本気で私は心配したが、屋敷から「形が整ったら、サン・ビレジの社員さんに引き継いで、我々はいなくなるからご心配なく」と、言われていたので、サン・ビレジがしっかりした企業になるための道筋が立つまでは力を貸してくれているものとばかり信じ、感謝の思いを強めるばかりだった。

同じ年の暮れ、私は屋敷に「サン・ビレジの経営に、より深く関わってほしい」と願い出た。単なるコンサルタントではなく、顧問としての立場で経営上のアドバイスをしてもらいたかったからだ。

彼はすでに、サン・ビレジの顧問然とした発言を繰り返していたこともあり、「それならいっそ、社員からも、目に見える形にしたほうがいい」という思いもあった。

それ程、当時の私は屋敷に心酔していたのだ。

その時屋敷は「時期を見て、入りますよ」と、サン・ビレジの経営にはさして関心を持たない様子で、ぶっきら棒な態度を装っていたが、これはあくまで見せかけであったことを、あとで痛いほど思い知ることになる。

上場の勧め

コンサルティング契約を交わして数か月が過ぎた頃から、屋敷はしきりに株式の上場を勧めてくるようになった。

「サン・ビレジさんなら、東証とシンガポール、ニューヨークに同時に上場できますよ」

と、こちらが目を剥くような大きなことを言う。それだけではない。ヤシキコンサルで五十社以上を上場させた、上場のプロという触れ込みで太田黒博之を寄こしてきた。

太田黒は私を、ザ・グローバルビュー長崎のバーラウンジに誘って、

「サン・ビレジさんは、間違いなく上場できますよ。素晴らしいビジネスモデルですから。御社の伸び率、収益力も素晴らしい。あと、衣笠社長は成功すること間違いない雰囲気を持っておられます」

上場できると言われて悪い気はしない。ただ、私は迷っていた。というのは一時上場も考え、監査法人のショートレビューもしてもらったのだが、比較的簡単に上場ができた東証マザーズの廃止が決定されたため、上場を諦めた経緯があった。また、上場企業の管理の厳しさや不自由さも知っていたからだ。

しかし、屋敷から何度も熱心に勧められ、さらに上場のプロ、太田黒から太鼓判を押されると、上場を決意するチャンスが来たのだと思い込んでしまった。

それで上場に備えて社員の士気を高めるために、太田黒に「上場の意義」などについて、社員研修の講師になってもらったりしていた。

ところが、彼は準大手の証券会社の元社員で、そこの審査部にいる時に「上場する企業を五十社以上審査した」というだけのことで、彼自身がヤシキコンサルで、五十社以上を上場させたという事実はなかったのだ。屋敷に頼まれて私に上場の決意をさせるために、一芝居打ったということは後にわかったことだ。

東京に本社移転

屠蘇《とそ》気分がようやく抜け始めた一月の半ば、今里がサン・ビレジの本社を、東京に移したいと申し出てきた。予想もしていないことで、私は大変驚いた。九州での地盤固めはかなりできているとはいっても、まだ設立して十年と少しの時期だ。それがもう東京に本社を移すというのは、少し早すぎるようで不安だったし、佐藤も同じ意見なのでこの計画は先に延ばしてもらいたいと今里に申し入れた。しかし、今里は、

「上場するためには、自社決算が必要条件です。自社決算による経理財務の体制を構築するためにも、本社を東京に移しましょう。それが上場への取り組みの第一歩です。なんといっても東京は日本の中心で、人も情報も全て東京に集まってきます。霞が関や国会が近いことも、これからのサン・ビレジさんにとっては有利に働きます。屋敷会長の御膝元でもありますし……」

今里は言葉巧みに言い募ってくる。それに当面は管理部だけを東京に移して、残りの部門は長崎に残したままでいい、管理部がきちんと構築されてから、おいおいとその他の機

能を東京に移すと聞かされて、それならばと賛成した。上場の条件が自社決算と聞けば、公認会計士の資格を持つ今里たちを頼らざるを得ないし、彼らが派遣社員として常時長崎にいるわけにはいかない。東京に本社を移すという提案は、もっともなものに思えた。

三月にはサン・ビレジ本社は、西麻布のヤシキコンサルが所有するビル（ヤシキコンサルビル）の二階に本店所在地を移し、それに伴って総務部と人事部の機能も東京に移した。そのビルの最上階には、ヤシキコンサルが入居していた。私はこれ以降も長崎に常駐し、翌年四月に東京に引っ越すまでは、会議や商談の時だけ東京に出張するという生活を続けた。

本社移転に当たっての諸々の事柄の全てを、秘書の五反田が取り仕切った。五反田が私の専任秘書として、私にべったりと張りついて、いつの間にか誰も、たとえ佐藤ら幹部社員であっても、彼女を通さないと私に会えない仕組みになっていた。このやり方も「上場企業なら当然」という、屋敷の一言で、「少し窮屈だけど、仕方ないか」と自分を納得させた。

東京移転に伴って、それまでサン・ビレジの経理業務をまかせていた、長崎のサツキ税理士法人との顧問契約を打ち切ってくださいと、管理部を統括する今里から言われた。サツキ税理士法人とは、サン・ビレジ設立の時からの付き合いで、所長や担当者から「どう

か契約を切らないでほしい」と泣きつかれたが、今里から、

「サツキさんはだめです。能力が低いので使えません」

と、一言のもとに片づけられた。

上場するためには、自社決算が条件だから仕方がないと、サツキ税理士法人には申し訳ないと思ったが、諦めてもらった。

ところが、東京移転後すぐに仙台の沼田会計事務所が、サン・ビレジの会計顧問になったのには驚いてしまった。自社決算をするはずなのに、遠い仙台の会計事務所になぜ頼むのか。変だと思ったが、一旦会計事務所に頼み、徐々に上場に向けて自社決算に変えていくのだろうと、好意的に解釈して敢えて問いただすことはしなかった。ヤシキコンサルがサン・ビレジの上場に向けて、あれこれ努めていてくれるのだと私は信じて疑わなかった。

ヤシキコンサルの屋敷と沼田会計事務所代表の沼田誠が、完全な共犯関係にあることがわかったのは、ずっと先のことである。

「まずは東証スタンダードを目指しましょう。そのためには上場企業にふさわしい組織作りから始めましょう。経理財務以外の人事や総務部の構築もうちが面倒みますよ。その方面でのエキスパートも多数抱えていますから。あと、利益は最低五億以上は必要で、上場

時の時価総額は百億超えを目指しましょう。衣笠社長の行動も管理され結構ハードな毎日となりますが、上場するまでは覚悟をして、私についてきてください」

「はい、覚悟しています」

私は言い切っていた。屋敷から「ついてこい」と言われると、喜んでついていく気になっていた。多分、屋敷のマインドコントロールが効き始めていたのだろう。屋敷が事あるごとに口にする「上場」の二文字は、私を次第に呪縛し、がんじがらめにしていった。

それから上場準備を理由に、人事・総務・経営企画・システムのトップも、経理財務と同様に、全てヤシキコンサルからの派遣社員が占めるようになるまで、それほど時間はかからなかった。

著名人が目の前に

「今度、小野ちゃんに会わせてあげるよ」

いつだったか屋敷が言っていたことは嘘ではなかった。私が東京に住まいを移して間もなくの頃だったと思う、帝国ホテルの中華料理店「北京」で、日本を代表する交響楽団でコンサートマスターを務めたこともある、小野与平を紹介された。小野と屋敷は、旧知の間柄らしく親しげに談笑していた。家族ぐるみの付き合いでもあるらしく、双方の家族のことも話題になっていた。これが縁で、小野にサン・ビレジの音楽スクールのスペシャルサポーターに就任してもらうことになった。

食後、銀座のクラブに場所を移した。

しばしの歓談の後、屋敷が、

「小野先生、いつもの美声を披露してくださいよ」

と言って席を立ち、備え付けのグランドピアノで『もしも、ピアノが弾けたなら』を譜面も見ずに演奏し、小野が気持ちよさそうに歌ったりもしていた。屋敷のピアノと小野の歌で、場は大いに盛り上がった。

しかし、小野が帰ったとたん「あの親父、一人で酔っぱらいやがって、仕方のない奴だよ」と、屋敷がひとしきりくさし始めたのには驚いた。あれほどにこやかな笑顔で親しげに振る舞っていたのに、手の平を返したように豹変する態度は、それからも屋敷と付き合っていくうちにたびたび見せつけられることになる。

林田元総理に会わせてもらった時もそうだ。この時の会食の場所は赤坂の料亭「津やま」だった。林田元総理は屋敷を指さして「この人は若いのに、金持ってるからなぁ」と、言っていたのをよく覚えている。元総理をはじめ、屋敷の人脈の凄さは舌を巻くほどだった。地方の一企業の社長にすぎない私にとって、屋敷が気軽に口にするのは、テレビや新聞などでしか知ることができない著名人ばかりで、その著名人を紹介されると、屋敷を住む世界が違う特別な人間だと思い込んでしまう。屋敷は「衣笠社長が会いたい人がいたら、誰でも会わせてあげますよ」と常々言っていて、実際にリクエストした著名人全員に会わせてもらった。彼が仕掛けたマインドコントロールにやすやすとかかった原因の一つは、この点にもあったのは確かだ。

しかし、冷静になって考えると、屋敷は著名人との人脈作りに、お金をばらまいていたのは間違いない。お金の威力がそれを可能にしたのだ。林田元総理がいみじくも言った、「この人は金を持ってる」という言葉が、そのことを如実に物語っている。

お金の力を知る屋敷は、更なるお金が欲しかった。是非とも必要だった。己を大きく見せ虚飾に満ちた己の像を保ち続けるためには、なんとしてもお金を作り続けなければならなかった。彼の歯牙にかかり金銭を奪われた企業は、サン・ビレジだけではないことも後にわかることだが、そのことについてはもう少し先で述べることにする。

話を林田元総理と会った時に戻す。この宴席には、ヤシキコンサルの主要メンバーのほとんどが出席していたので、十名ほどの人数になっていた。元総理が帰る時には、無論、私も含めて全員が玄関まで見送ったのだが、屋敷だけは部屋に残ったままだった。元総理よりも自分のほうが格上だと言いたいがために、そうしたのだろう。

見送りを終えた私たちが部屋に戻ると、屋敷はヤシキコンサルの社員や料亭の女将たちを前にして、

「ジャズの話ばかりして、ジャズ馬鹿だね、ありゃ。頭ぼけたんじゃないか？　大丈夫か、あの爺さん」

などと、女将の手前こちらがはらはらするような、悪口雑言をあびせていた。

この会の目的は、世界三大音楽祭の一つである「タングルウッド音楽祭」の組織委員のメンバーに、サン・ビレジが入るためだと屋敷は会合前にしきりに言っていたが、結局、実質的な話は何もなく与太話に終始しただけだったので、その八つ当たりもあったのだとは思うが、屋敷の性格の二面性をはっきり見たことだけは確かだ。

月例会議のからくり

「経営会議」と称する会議が、月に一回、ヤシキコンサルの会議室で行われていた。参加者はヤシキコンサルの主要メンバーとサン・ビレジの幹部だったが、午前九時から始まる経営会議の出席者は、屋敷と今里と私の三名だけだった。屋敷は必ず一番上席を占め、ほとんど一人で喋った。今里はただうなづくだけで、二人の関係はまるで主人と従者のように映った。

ある時今里が「屋敷会長は、私のお父さんのような存在だ」と、言ったことがあったが、屋敷と今里は十才ちょっとしか歳が離れていないので、強い違和感と気持ちの悪さを覚えたことを思い出す。

今里に限らず他の社員も事あるごとに、「屋敷会長は、お父さんのような方だ」と言っていた。ヤシキコンサルの社員は、誰もが屋敷にマインドコントロールされていたのだろう。

ミーティングの内容は、その月のサン・ビレジの戦術の決定だが、屋敷が筆で書いて用意したものは、見事なまでに私がやりたいことや私の考えと一致していた。それで毎回、特に異議を申し立てることもなく、すんなりと終了するのが常のことだった。

私は佐藤に「屋敷会長は凄い、私がやりたいことを全て見通しておられる。考え方も全く同じだ。ある意味、特別な能力を持たれた方だと思うよ」と、手放しで賞賛したことを覚えている。

そしてこの思いは、ミーティングを重ねるごとに強くなっていった。これも屋敷が私に対して行ったマインドコントロールの一環であった。

しかし、種を明かせば単純なからくりで、私にはヤシキコンサルの派遣秘書の五反田が、四六時中目を離すことなく張りついて、私の毎日の行動や発言を逐一屋敷に報告しているので、それをうまく取り込んでミーティングに臨めば、私と屋敷の企画や意見が一致するのは当然と言えば当然の結果で、ただ私が気づいていなかっただけのことだった。

それすらもわからなかった私は、愚かと言うしかない。

でっち上げ事件

サン・ビレジに牟田栄作という社員がいた。根は正直で頑張り屋だったが、エキセントリックで感情のコントロールがきかずに、ちょっとしたことで激昂する問題児だった。そんな性格が災いして、ヤシキコンサルから派遣されていた人事担当部長の坂本と衝突し、坂本から懲戒解雇されてしまった。彼は退職後、ヤシキコンサルへの恨みつらみを、X（旧ツイッター）に書き込んでいた。懲戒解雇は気の毒だとは思っていたが、元はといえば彼の粗暴な振る舞いが招いた結果だから、仕方がないと放っていた。その牟田が、サン・ビレジにとって迷惑至極な事件を起こしてしまった。

ある日、坂本が入院したと今里が私に報告してきた。

「意識不明の重体で、一進一退の危険な状態です。なぜ彼がそうなったのか、今のところはわかりません」

と、今里は不安気に顔を曇らせている。それはそうだろう。ヤシキコンサルから同じように派遣されてきている仲間だ。心配するのは当然だ。私も事情がわからないまま彼と共に心配していた。

その月の経営会議の最中、屋敷が、

「坂本は御社の牟田に殴られて重傷を負った、それで入院したんだよ」

と衝撃的な発言をした。

「牟田はほうぼうで『坂本はヤシキコンサルの社員に殴られて入院している』と触れ回っている。自分がやったことを、ヤシキコンサルの社員のせいにしている。とんでもない奴だ」

屋敷は苦々しげに吐き捨てるように言う。

私もそれを聞いて、牟田の卑怯さ加減に腹を立てた。「警察には届けましたよね」と、屋敷に確かめると、

「警察ならもう動いているよ。ただ、この件がテレビや新聞にでも出れば、サン・ビレジにとって致命傷になるから、今、いろいろ手を回して、出ないようにしているんだよ。衣笠社長、安心してください、サン・ビレジの名前は出ないようにするから」

という答えが返ってきた。

確かに牟田は辞めたとはいえ、かつてはサン・ビレジの社員だった男だ。その男がサン・ビレジを解雇された恨みから、その原因を作った坂本に対して、瀕死の重傷を負わせたというのだから、坂本とヤシキコンサルに対して、私は申し訳ない気持ちで一杯になっ

た。それなのに屋敷は、そのことで私を非難するどころかマスコミ対策まで講じてくれている。私は屋敷に向って深々と頭を下げた。

この件があってから私は屋敷に対して、弱みを握られているようで、頭が上がらない自分を常に意識するようになった。

しかし、屋敷が言ったことは全くの出鱈目《でたらめ》で、事実は、坂本は突然の脳梗塞で自宅前の路上で倒れ、そのまま入院していたのだ。つまり病気入院ということであって、暴力事件は屋敷が作り上げた完全な創作にすぎなかった。無論、警察が動くはずもなかったし、マスコミ対策などする必要もないことであった。この事実を後で知った時、社員の不幸すら利用した嘘を平然とでっち上げることができる屋敷という人物に対して、ぞっとするような空恐ろしさを改めて覚えたのだった。

もう一つ、私が屋敷に負い目を感じるに至った出来事を記しておこう。

赤嶺颯太という合気道団体の代表理事をされている方を、屋敷に紹介したことがある。赤嶺は「合気道をオリンピックの正式種目にしたい」と、考えておられたので、私はふと、スポーツ行政に強い影響力を持つ磯田元文科大臣にお願いしたら、うまくいくのではないかと思ったからだ。磯田元大臣については旧知の仲と、屋敷が公言していた。

赤嶺は自団体の財務諸表を提出したりして、ヤシキコンサルと顧問契約の寸前までいったそうだが、独特の勘が働いて契約はしないことになった。

それで屋敷は「磯田先生の面会まで根回しして取り付けていたのに、私の顔はまるつぶれだ」「赤嶺代表が最後になって、全てひっくり返した」などと、散々赤嶺を非難する。紹介したのは私なので、屋敷には謝るしかなく、この件でも屋敷に負い目を抱くことになった。

赤嶺は、ヤシキコンサルからの提案を拒絶した理由を説明するために、私に何度も連絡を取ろうとしたらしいが、五反田秘書が「衣笠社長は、上場準備のために大変忙しいので」という理由で、私に知らせないまま電話を切っていた。それどころか、

「衣笠社長は、あなたのした無礼な行為に怒っておられます。あなたには二度と会わないと言っておられます」

と言い放ち、私と赤嶺の縁を勝手に切ってしまったのだ。これも後になってわかったことで、赤嶺には大変申し訳なかったと思っている。ただ赤嶺が、自分の勘を信じて早々にヤシキコンサルとの縁を切ったのは賢明だったし、私にとっても、もっけの幸いでほっと胸をなでおろしたことだった。

社長のブレーン

私はサン・ビレジの設立資金を知人や友人などから、借金をして工面していたので、その返済のためのお金をサン・ビレジから借り入れていた。いわゆる役員貸付金である。その額はヤシキコンサルがサン・ビレジの経営に関わり始めた頃は、二千万円程であった。

また、詳細は後に譲るが、ヤシキコンサルの監査により否認されたシンガポール支社の経費、約五千万円もあった。その全額を私の個人的な負債として処理し、サン・ビレジから五千万円を借りたかたちになっていた。

今里がその状況にクレームをつけた。

「経営者が会社から多額のお金を借りている状態だと、今後の銀行からの借り入れや、将来の上場に差し障りがあります。それでコラン社から衣笠社長個人が借り入れ、サン・ビレジからの役員貸付金を消し、毎月、コラン社に返済していったほうがいいでしょう」

そのやり方に変えたほうが、銀行と会社の関係が良くなると言われたのと、今のままでは上場に差し障りがあるという言葉が胸に突き刺さり、今里の提案に対して一片の疑いも抱かずに、約七千万円の借り換えを実行した。ヤシキコンサルはそんなことまでしてくれるのかと、感謝の気持ちでいっぱいだった。

コラン社というのは、屋敷のアメリカ人の妻のエリーが社長をしている、大金を保有する資産運用会社との触れ込みであった。つまり、ヤシキコンサルとは一体の会社だ。この借り換えの手続きと返済用に私名義の銀行口座を開いたが、この手続きも全て今里が取り仕切り、通帳も今里が保管して私には渡さず、詳細は一切私には知らされないままであった。

今から考えるとこの一連の動きは、私にコラン社から多額の借金をさせ、私の立場を弱くする意図があった。否認されたシンガポールの経費約五千万円も、以前の税理士事務所では「問題なし」とされていたものを、「上場基準では否認」と今里から言われたもので、全額を私の役員貸付金に振り替えるように指導を受けたものだ。私は大いに不満であったが、それが上場基準であれば我慢するしかないと、自分に言い聞かせた。勿論これも、私を貶めるための計略の一つであった。後に精査したところ「上場基準でも問題なし」との見解を得たが、後の祭りであった。

彼らのサン・ビレジ乗っ取り工作は、すでに計画の段階から実行に移されていたとみるべきだろう。

それはさておき、サン・ビレジから借り入れをしている時は、私の都合に合わせて返済をしていたので、返済に困るような事態にはならなかったのだが、コラン社に借り換えてからは、毎月、相当額をきちんと返済しなければならず、私の役員報酬の手取り額が極度に少なくなってしまった。生活費の捻出すらままならない状態になったのだ。

私はそういった事情を今里に話した。今里が私の懐具合を聞いてきたからだ。

「それでは、社長の個人の財務状況に関する資料を、全部見せてください。私が何とか考えます」

そこまでする必要があるのかと、ためらっていると、

「私はファイナンスのプロです。衣笠社長の個人的ブレーンだと思っています。社長も私を側近だと思って、フル活用して下さい」

と熱意を込めて言う。最初、今里に会った時に感じた、なよなよとして頼りないという印象は消えて、頼もしいコンサルタントの顔がそこにあった。私自身が大雑把な性格で、書類などの管理は大の苦手だった。それで公認会計士の資格を持つ、有能で信頼できるブレーンができたと思い込んでしまい、預金通帳、住宅ローンや個人の負債に関する書類も全て渡した。今里はさらに、

「衣笠社長のそれ以外の個人的な契約書も全てお渡しください。これからは私が責任を持って保管しておきますのでご安心ください。全部を把握していないと手が打てませんので」

公認会計士に預かってもらえるのであれば、安心この上ないことだと、私はそれらの書類も全て、彼に渡した。こうして私自身の個人的な契約書やファイナンス情報の全てを、今里が握ることになった。

数日後、今里から、

「よくよく考えましたが、衣笠社長の個人的負債を無くすために、サン・ビレジの株式の一部を、コラン社に受け持ってもらうように、屋敷会長にお願いしたらどうでしょうか。御存じのようにコラン社は、屋敷会長の資産管理会社ですから、資金は豊富にありますので」

と提案された。

当時、サン・ビレジの株式の九割は私が保持し、残りは親族が持っていた。個人的な負債を無くすというのであれば、少数の株式を高値で買い取ってもらい、負債を無くすようにするのだろうと思った。

そして、株価を算定するとのことで、私は今里と二人で、仙台の沼田会計事務所に出向いたが、算出された株式の評価額が予想に反して極度に低かったので、これでは少しばかり株式を手放したくらいでは、私の負債は減らないと判断して、この話はなかったことにしてもらった。

雪が舞い降りる新幹線の線路を見つめながら、

「仙台まで来て、無駄足だったな」

と、呟きながら私の心の底にも、雪がしんしんと降り積もるようなうそ寒さを覚えていた。それから次々に襲いかかってくる身ぶるいするような事態を、この時の私は、本能的に嗅ぎ取っていたのかも知れない。この株式譲渡の話は、別の形で蒸し返されることになる。

会長のご厚意

この日は、月一回の経営会議の日だったので、私は東京のヤシキコンサル社にいた。すると今里が、応接室に私を呼び、

「今からお話しすることは、屋敷会長のご厚意です」

と前置きして、

「もともとヤシキコンサルは、非上場企業の株式を持ったことはありません。しかし、今

回は特別にコラン社で、一時的に衣笠社長の株を預かり、その分を衣笠社長の負債と相殺することにしたら、社長の負債はゼロになり、上場のための障害も取り除かれます。衣笠社長は助かるのではないかと言っておられます。その上、上場益は全て衣笠社長に差し上げるとも言っておられます。つまり、株は一時的に預かるだけで、あくまで衣笠社長のものだということです。当然ですが議決権もございません。株はいつでもお返し致しますから、どうぞ安心して下さい」

今里の顔は、信頼できる側近のそれになりきっている。私はその時はまだ、屋敷たちの企みには全く気づいていなかったので、「一時的に預けるだけだし、議決権もないのだから、私のサン・ビレジに対する支配権が揺るぐことはない。株を返してもらった時、お金が用意できなければ、また借用書を書けばいい。最悪、上場益を手にした時に返済すればいい」と、判断してその申し出を了承した。

その日、朝九時から始まった会議の席上で、

「今里から、どうしてもと頼まれたので、断われないんだよね。だから、今回株を預かってあげることにしたんだが、これは特別だよ。うちは未上場株は持たないことにしてるんだから。衣笠社長にだけだよ、こんなことするの」

「ありがとうございます」

私は頭を下げた。屋敷はそんな私を満足そうに見やりながら、

「サン・ビレジは、あくまでも衣笠社長の会社だから、当然、議決権は持たないし、株は衣笠社長のリクエストがあればいつでもお返しするからね。サン・ビレジは未来永劫、衣笠社長の会社だから。これまた当然だけど、上場益は全て衣笠社長のものだよ」

今里が言っていた通りのことを、屋敷が保証してくれていると、私はこの時感じた。愚かにも。

その日の会議が終わり、会議に参加していたヤシキコンサルの幹部たちが部屋を出て行き、私と屋敷、それに今里と沼田税理士の四名が残った。今里の指示で四名が改めて一つのテーブルに集まると、今里は株式譲渡契約書と覚書、それに説明資料を私に見せて、

「今回はこういう形で契約させていただくことになります。この覚書は、議決権がないこと、上場した時に出た売却益は、全て衣笠社長に差し上げるという内容になっています。また、株式は一時的にお預かりしているだけで、衣笠社長からのリクエストがあれば、いつでもお返しするという内容も入っております」

と、なめらかな口調で説明をし、屋敷がすかさず、

「それは当然だよ、サン・ビレジは衣笠社長の会社だからね」

すると今里が、

「申しわけありませんが、売却益にかかる税金分だけはいただきます」

と、しかつめらしい表情を作りながら言う。屋敷と沼田は、この冗談めかした言いぐさに笑みを浮かべたが、私には何となく、にやっと笑ったように見えて、妙な気分にさせられた。多分、この時二人はしてやったりとばかりに、ほくそ笑んだのだと思う。

この時に感じた妙な気分を信じていたら、今里が覚書とセットで差し出した「株式譲渡契約書」に、安易にサインすることはなかったと思うのだが、それは後になっての言い訳に過ぎない。

「株は一時的に預かるだけで、いつでも返却する」「議決権はない」「上場益は全て衣笠社長のもの」。この三点について確約した覚書があったからこそ、私は株式譲渡契約書に署名をしたのだ。

しかし、その覚書は今里が「しっかり保管しておきます」と言い、これまでの契約書類同様に、当然のように持ち去り、私の手に渡ることはついになかった。今もこの覚書が戻ってきていないということは、燃やしてしまったか、シュレッダーにでもかけてしまったのであろう。

また、上場しなければ上場益など渡しようがない。彼らは始めから上場などさせるつもりはなく、株式の収奪によるサン・ビレジの乗っ取り。これのみが目的だったのだ。

こうしてヤシキコンサルは、約四割のサン・ビレジ株式を手中に収めた。この時点では、残りの六割は、私と私の親族が保有していた。

外界からの遮断

ある日、弥生銀行の融資担当だった田中法人部長が、二人の部下を伴ってサン・ビレジの東京本社にやってきたことがある。その際、田中部長から、

「サン・ビレジの株主に、コラン社の名があるのはなぜですか？」

と訊ねられた。決算書を見たのであろう。

それでこれまでの経緯を説明したうえで、私の借金を株の一部を譲渡することで相殺してもらったからだ、と説明すると、

「経緯はよくわかりました。しかし、資本は衣笠社長に一本化するほうがいいですよ。衣笠社長のコラン社からの借り入れ分のファイナンスも、当行は考えますよ」

と、親切な提案をもらった。

私は、これは渡りに船だと思い、経理財務担当の派遣役員園田に、この場に来てもらって田中部長の言葉を伝えた。

するとと園田は、

「譲渡された株というのは、一時的に衣笠社長からコラン社が預かっているだけで、近い将来、社長にお返しするものですから、大丈夫です」

と言うので、田中部長も、

「ああ、そうですか。そういうことですか」

と、私の説明と同じだったので、安心したような表情になり、話はそれで終わってしまった。

メガバンクの一つである弥生銀行は、サン・ビレジのメインバンクであり、最も大切な取引先である。

その銀行の担当者の前で「株は一時的に預かったもので、近い将来には返す」と、明言しているので、この時も私は少しも疑いを抱かなかったが、せっかくの田中部長の申し出も嬉しかったし、やはり、株は手元に置いておきたかったので、

「田中部長があぁ言ってくれているのだから、弥生銀行から私の個人ローンの借り入れを実行してください、その資金でコラン社からの借り入れを返すので」

と園田に頼んだ。彼はその時は「わかりました。そういたします」と、言っていたが、結局「借り入れはできませんでした。田中部長の勇み足だったみたいです。銀行は額が大きすぎて、社長個人へのファイナンスはできないと言われました」と私に報告してきた。勿論これも真っ赤な嘘で、園田は私の指示を無視して、銀行に対して何のアクションも起こしていなかったのだ。

この件以来、私は弥生銀行だけでなく、サン・ビレジと取引がある全ての銀行との連絡を断たれてしまった。銀行が私を訪ねてきたり、私宛に電話がかかってきても五反田秘書がブロックして、全部、園田に回された。園田は、

「私が衣笠社長から、銀行関連は全権を委任されていますから、ご用件は私が承ります」

と言って、勝手に電話をきったり、用件を聞いても私には伝えず、全てをブロックされた。

それだけではない。昔からの取引先や経営者仲間、それに友人たちからかかってきた電話も、ヤシキコンサルの不利になるようなものは、全て秘書の判断で取り次がれることはなかった。

携帯電話も秘書の管理下にあったので、外部とは個人的な連絡すらできなかった。当時は私用の携帯電話を所持する必要性を感じていなかった。というのも、まさか秘書が取り

次ぎの制限をしているとは夢にも思っていなかったし、「上場するまでは、勝手に外部と連絡を取り合わないように。どこに落とし穴があって、上場が果たせなくなるかも知れないですから」と、屋敷や今里から常々言われていたからだ。

私は「上場するまでの辛抱」だと、自分に言い聞かせて不自由に耐えていたのだ。家族ともども東京に引っ越したので、長崎で所属していた経営者の集まりや各種団体も、脱退せざるを得なくなっていた。いつしか私が相談できるのは、ヤシキコンサルの関係者だけになっていた。毎晩の会食も同様であった。

ここまでくれば、彼らにとって私は赤子の手をひねるように、扱いやすい存在だっただろう。

米国進出

それから間もなくして、サン・ビレジの一〇〇%出資の子会社『アメリカ・サン・ビレジ』を設立した。

設立の目的は、米国でも子供向け音楽スクールが盛んであることに注目して、日本同様の子供対象の音楽教室を米国で展開することにあったのだが、米国人である屋敷の妻エリーは、米国系財閥の一族であり、米国政府にまで強いコネクションを持っているから、米国進出もスムーズにいくし、その後の業績も大いに期待できるという、屋敷からの強い勧めがあった。

「うちの奥さんは、ロックフェラー財閥の娘だから、米国ならどこにでも顔がきく。アメリカ合衆国教育省のトップと交渉して、米国中の学校の音楽室が借りられるようにするよ。アメリカの会員数はすぐに一万人は超えるだろうね。とにかくアメリカはうちの本拠地だから、全部まかせといてね」

と、屋敷は自信満々の様子だった。屋敷の妻の出自等、全てが出鱈目であったことはいうまでもない。後でわかったことだが、屋敷は日本に出稼ぎに来ていたエリーと、銀座の外国人クラブで知りあったとのことであった。

アメリカ・サン・ビレジの人事に関しても、一切が屋敷によってなされた。それによると支社長がサン・ビレジの尾崎忠司。事業コンサルと経理担当は今里。その下に米国で採用したスタッフ数名という布陣であった。勿論今里は常駐ではない。

アメリカ・サン・ビレジの事業コンサル担当の今里と支社長の尾崎の二人は、毎月一回、丸一日かけて米国での事業展開の会議を行っていたが、実際には今里が全ての方針を決定していたので、私を含めてサン・ビレジの人間が、口を挟む余地は全くなかった。

実はサン・ビレジは、創設して六年ほどたった頃、海外進出を試みてシンガポールに支社を設けていた。しかし、時期尚早だったのかニーズの読み違いだったのか、経営がうまくいかないまま実際の活動を止めていた。ヤシキコンサルがコンサルに入ってから、屋敷の指示でシンガポール支社は、廃業の手続きを取った経緯があり、私には苦い経験となっていた。

それで米国への進出については、私としてはもろ手を挙げての賛成はできなかったが、ヤシキコンサルが決めたことには、もうこの時点では反対はできない状態になっていた。だから、屋敷はさっさと進出を決めてしまった。何ごとも屋敷が決定し、私は事後承認させられるというパターンがすでに常態化していた。

尾崎は米国には全く縁がない人間で、英語もあまりできず、それこそ右も左もわからない土地での支社の運営は、どだい無理な話だった。それで最初から方針は、全て屋敷が決め、今里がそれを尾崎におろすという形で進められた。私自身も尾崎と同じで米国には何のコネクションもない。「ロックフェラー財閥と縁が深いヤシキコンサルの人たちに、万事まかせるように」と、尾崎に言うしかなかったし、屋敷を信じ込んでいたこの時の言葉は、本心から出たものであった。

キャンペーンの失敗

その年の夏、サン・ビレジ社内ではヤシキコンサルが主導して、会員増強の大キャンペーンを企画した。その統括責任者として、屋敷は佐藤専務を指名した。例年、八月になると学校が夏季休暇に入るために、音楽教室の会員の増員がないか、あっても僅かというのが常のことだった。しかし、ヤシキコンサルの計画は、一千人以上の増員という無茶なものだった。

結果的には、一千人には到底およばなかったものの、佐藤を筆頭に全社員が一丸となってよくがんばって、八月の時点で三百名を超える増員があった。これは過去最高の成績であった。

しかし、屋敷をはじめヤシキコンサルの連中は「目標の人数に達していないキャンペーンは失敗。これは大失敗だ」と位置づけた。その上、責任者の佐藤まで力量不足を云々された。私はノルマ的な売上げ至上主義はいけないという考えであったので、佐藤をねぎらって言った。

「失敗ではないよ、専務はよくやった。初の大幅増員につながって、結果的には大成功だよ。大きな目標を掲げて既成概念をとっぱらって、新しい企画でチャレンジしたんだ。そのことに意義があるのだから、目標に到達できなかったことに、こだわることはないよ」

そんな私を、屋敷は嘲笑しながら、

「衣笠社長は、これまで佐藤専務に甘すぎたよね。社長の優しい性格は、確かに一般的には美点ですよ。友人や隣近所の付き合いでは、どうぞ、その美点を発揮して下さい。しかし、企業のトップとしては失格です。もっと厳しくしないと、会社の業績は今まで以上には絶対に伸びませんよ。これ以上専務を甘やかさないでください。上場という目標を見失わないで下さいね」

そんな風に言われると、私には返す言葉がなく引き下がるしかなかった。今里までもが、

「佐藤専務を鍛えないと、衣笠社長がいつまでも大変ですよ。ここは我々にまかせてください。社長の力を借りずに専務を鍛えて、経営層として一人前にしてみせますから」

と断言した。

私は佐藤には十分に感謝の意を伝えたし、佐藤もよく分かってくれたと思っていたが、そうではなかった。私の知らないところで、今里は私が佐藤を非難している旨の発言を繰り返し、佐藤の耳に吹き込んでいたのだ。

「衣笠社長は、キャンペーンの失敗は、佐藤専務の責任だと言っていますよ」

「佐藤専務には、もっと高い意識レベルを持ってもらわないと困るとも言われています」

「人前では専務のことを、ご自分とは車の両輪だなんて持ち上げていても、一方ではこんなことも言っているから、ちょっと気をつけたほうがいいですね」

佐藤は直接、私の口から「キャンペーンは成功だった、佐藤専務がよくやってくれたからだ」と、聞いていたので、今里がなぜそんなことを言うのかわからず、最初は今里の言葉を信じなかったが、何度も聞かされているうちに、

「衣笠社長は人によって言うことが違う、二枚舌の持主なのか?」

と、思うようになったそうだ。

佐藤が今里の言葉を信じ込んだ理由は、今里はいつもノートパソコンの画面を見ながら人と会話をするからでもある。パソコンに記録されていることは、その発言が正しく記録されたものであるかのように、人を錯覚させる。今里は私が言ってもいないのに、さも聞いたことをそのまま記録したかのように、パソコン上ででっち上げ、その画面を見ながら

佐藤に話したという。公認会計士ともあろう者が、嘘をつくはずがない、人を騙すことなどするはずがない。しかも、パソコンの画面を見ながらのことだから、私が言ったというのは本当だろうと、佐藤は信じてしまったのだ。

人というものは、信じて付き合っていた者が自分のいないところで、悪口を言っていたと聞かされると、とたんに不安感と不信感を募らせるものだ。私と佐藤の親しい関係を断ち切る目的で、今里はこの方法で私と佐藤を操っていった。しかも、彼らのやり方は次第にエスカレートしていき、私と佐藤は徹底的に遣り込められることになる。

分断工作の開始

アメリカ・サン・ビレジが設立されて半年余りが経ったころ、佐藤専務管轄の事業本部内に、海外事業部を入れる組織再編が行われた。当然、それを行ったのも屋敷である。当時、事業本部長をしていた佐藤は、アメリカ・サン・ビレジの活動報告もするようになった。

九月の初め、今里が、

「アメリカの調子が悪いので、佐藤専務に一度見てもらいます」

と言ってきた。

それで佐藤はアメリカの状況を視察することになり、九月上旬、今里と二人で米国に出かけて行った。五日間の視察で日本に戻ってきたが、佐藤は憔悴している様子だった。米国支社長の尾崎は、元は佐藤の直属の部下で、佐藤は大変可愛がっていた。その尾崎の仕事ぶりに何か不都合な点でもあったのだろうかと、私は気を揉んだが、佐藤は一言「いや、彼はちゃんとやってました。もう少しで軌道にのるはずです」と言ったので、私も敢えてそれ以上問いただすことはしなかった。

佐藤が憔悴していたのは、米国滞在中、常に今里が隣にいたので、佐藤は尾崎と一対一で話す機会がなく、尾崎の本当の気持ちを聞くことができなかったのが理由だ。

アメリカに残ったままだった今里から佐藤に連絡が入ったのは、その二日後のことで「尾崎支社長の経理上の問題が発覚しました。尾崎支社長は営業企画も全然駄目です。佐藤専務、すぐにアメリカに戻ってください」と言われ、佐藤はすぐに米国に出かけて行ったが、結局はそのまま米国で仕事をさせられることになった。この人事も、私には屋敷からも今里からも一言の相談もなく、全て屋敷の指示で決められたことだった。

アメリカ・サン・ビレジの方針は、屋敷と今里が全て決めており、尾崎はそれをただ実行していただけのことで、それで「尾崎支社長は営業企画が全然駄目」と、決めつけられるのはおかしな話だった。経理も今里が管理していたはずで、問題など起こるはずがない。実際には、ヤシキコンサルは財閥どころか、米国に何一つコネクションがなかったので事業展開は困難を極め、米国の赤字幅が大きく広がったのだ。その事実を隠蔽する目的で、尾崎に責任を転嫁したということだ。そしてさらに、もっと真相を突き詰めれば、サン・ビレジ乗っ取りに邪魔な佐藤を米国に追いやって、私と佐藤の間の溝をさらに深くする目的でなされた人事だった。

再び米国にやって来た佐藤に、今里は、

「佐藤専務は、日本での夏のキャンペーンで大失敗をしました。このままではサン・ビレジでの居場所がなくなります。日本でついた大きな×印を、尾崎支社長がガタガタにしたアメリカ支社を立て直すことで、○に変えて挽回しましょう」

と言ったそうだ。

佐藤は、責任を転嫁された元の部下の尾崎が気の毒で、

「私が何とか取り戻すという思いで頑張ります」

と答えたと言う。佐藤は男気溢れる人間なのだ。それはそのまま屋敷の耳に入り、屋敷

は電話口に佐藤を呼び、

「佐藤専務の意気込みは素晴らしい。男の中の男だね。佐藤専務ならアメリカの立て直しなんて簡単だよね。本当に期待してるからね。ここは佐藤専務しかいないからね」

と褒めたたえ、本当に期待しているような口調で言ったという。

屋敷は私にも電話をかけてきて、

「佐藤専務をアメリカに行かせることに決めたよ。専務は衣笠社長と違って、お金の苦労をしてないから甘いんだよね。彼にアメリカ支社の経理日誌をつけさせることにしたから、わかるよ、お金のありがたみがね。専務は自分でアメリカ・サン・ビレジの立て直しを願い出たんだよ。だから、やらせてあげてね。アメリカで鍛えてぴかぴかにして戻すからさ」

と言った後、

「でも、甘えるから、佐藤専務には連絡は一切しないでね。これだけは絶対だよ」

とつけ加えた。

もうこのころには、屋敷の私に対する口調は、上司が部下に使うようなものに変わってきている。

私は屋敷の最後の言葉に、少し違和感を覚えた。

「時々、励ましの電話を掛けてやって」とか、「たまにはアメリカに行って、励ましてやって」

と言うのが、普通だと思うからだ。しかし、屋敷にマインドコントロールされていた私は、「甘えるから、絶対に連絡をしないで」という屋敷の言い分を、屋敷らしい鍛え方なのだと錯覚してしまった。

屋敷の口調の変化についても「より親密になれたんだ」と、良いこととして捉えていた自分がいた。

嵌められた専務

米国に赴任してからの佐藤は、毎朝、電話で今里に業務連絡をすることを義務づけられた。その他にも、三日に一回の割合で活動報告のレポートを義務付けられた。ここまでがんじがらめに管理されて、佐藤は心身ともに疲労を募らせていた。しかし、そんなことは私は全く知らずにいた、というより知るすべがなかった。心の中では遠く離れた米国で、佐藤がどれほど心細い気持ちでいるだろうかと思わない日はなかったが、屋敷が言う、甘えが出てやる気が失せてはいけないと、私自身の気持ちを必死で制していた。

十月になり米国の事務所に来た今里から佐藤は、アメリカ・サン・ビレジの社長になるようにと、告げられた。その時今里は、「これも、衣笠社長が決めたことです」と言ったそうだ。

さらに今里は、

「衣笠社長はサン・ビレジを作る時、設立資金を個人で捻出しました。方々に借金をしてお金を作ったのは、佐藤専務もご存知ですよね。アメリカは佐藤専務が個人のお金を入れて立て直すことで、衣笠社長同様の苦労を味わってもらいたいし、また、その苦労が成長につながります。お金の勉強をすることで真の経営者になってもらいたいというのが、衣笠社長のご意思です。佐藤専務、覚悟を決めてください」

無論、私はそんなことは言っていない。全部屋敷の考えであり、彼の創作である。こうして今里は佐藤に、一千万円をコラン社から個人的に借りるように迫り、佐藤は今里の要請に従った。

それは今里が、

「この一千万円は増資資金として、佐藤専務からアメリカ・サン・ビレジに出資してもらいます。つまり、アメリカ・サン・ビレジの株式を佐藤専務が保有することになります。ですから佐藤専務は、社長と株主の両方になることになり、衣笠社長と同様の道を歩むことになります。これも全て衣笠社長のご意思です」

と言ったからである。

佐藤は「衣笠社長がそう考えていることなら」と思い、一千万円を個人的に借り入れることに同意してしまったのだ。

佐藤はヤシキコンサルのグループ会社であるコラン社から、一千万円を借り入れる旨の契約書にサインをした。それが十月二十三日のことで、翌日には一千万円が佐藤の口座に振り込まれた。佐藤は今里と一緒に銀行に行き、佐藤は印鑑を押すだけで、あとの手続きは全て今里が済ませた。

佐藤が受けた今里の説明によると、二百万円をアメリカ・サン・ビレジに送金し、残りの八百万円は一度日本のサン・ビレジの口座に入れ、後日、アメリカ・サン・ビレジの資本金に当てるということだった。

十一月になって、佐藤は今里の指示で、個人名義の銀行口座を開設した。その口座にサン・ビレジから五百六十万円が振り込まれた。佐藤はその金額を、アメリカ・サン・ビレジの口座に送金すると言われた。それらの手続きは、全て今里が行った。

するとと今里は、

「このお金を資本金に充てます。残りの二百四十万円も後日振り込んで、資本金を一千万円にしておきますので」

　と説明したそうだ。

　翌年度になると、今里から佐藤にかかってくる電話の中で、私を非難する言葉が頻出するようになった。それも私が、佐藤の悪口をあれこれ言っているという形をとってである。

「衣笠社長は冷たいですね。佐藤専務がこれほど苦労しているというのに、アメリカには行かないと言ってますからね。一度でいいから行って、ねぎらいの言葉を掛けてやってくださいと、いつも頼んでいるのですが耳を貸そうとはしませんね。せめて電話だけでもと言っても、電話すらしようとしません」

「佐藤専務は奥さんともども金遣いが荒いから、アメリカのお金をどうかするんじゃないか、なんて失礼なことを言ってますよ」

「佐藤専務は、分不相応にあんな大きな家を建てたから、住宅ローンの支払いが多すぎる。高い役員報酬を払わされて迷惑だなんて、勝手なことを言ってますよ」

　などなどだ。

　勿論私は言った覚えもないし、言うはずもないことの羅列で、後でそのことを知った時には唖然とするばかりであった。

私が米国へ行くと言うと、今里は、

「今、衣笠社長が行くと佐藤専務がまた甘えてきます。専務は自分を鍛えようと一人で頑張っています。黙って見守ることで、専務の成長に期待しましょう」

と言って強く止めるので、私も佐藤のためにならない行為は、慎まないといけないと思い込んでしまった。あの時、屋敷や今里の反対を押し切って米国行きを強行していたら、彼らが言っていることが嘘だと分かって、あそこまでのひどい事態に至らずに済んだと思うが、今更それを言っても始まらない。マインドコントロールを受けていたとはいえ、私の愚かさというかお人好しぶりを恥じるばかりだ。

佐藤にしても私とは連絡を取らないようにと、今里からきつく言い渡されている上に、私の悪口を毎日のように叩き込まれるので、

「衣笠社長は変わってしまったのかな。上場にこだわり過ぎて、人の心というものを見失ってしまったのだろうか。こんな社長にはもう誰もついていかないのじゃないか。サン・ビレジの社員は大丈夫なんだろうか」

と、そんな風に思っていたという。

屋敷がサン・ビレジを乗っ取るために仕掛けた悪巧みは、着々と進行していたようだ。その一つである、私と佐藤の間に亀裂を作るという企みは、仕上げの時を迎えていた。

専務陥落

翌年の二月の末、今里が米国の事務所にやって来た。彼は佐藤に、

「夜、食事に行きましょう」

と声を掛けた。今里は来る度に佐藤を食事に誘うので、この時もまたか、という程度にしか考えずに、今里が宿泊しているソフィテルニューヨークホテルに出向いた。今里はこのイタリア料理店の個室に予約を入れていた。佐藤が部屋に入ると、なんと屋敷がいた。前もって何も聞かされていなかったので、佐藤は驚いて立ち往生したままだった。すると屋敷が立って来て、佐藤の手を取り「さあ、さあ、座りたまえ」と言いながら、屋敷の正面に座らせた。

「専務、少し痩せたんじゃないの」

と、気遣わしそうに佐藤を見ながら、

「慣れない土地でよく頑張ってくれてるね。佐藤専務、本当にありがとう」

と、頭まで下げてみせる。

「しかし、専務、いい顔になったね。一目で専務が一回り大きくなったのがわかったよ。これまでの厳しい試練を乗り越えてきたからこそだね」

屋敷と今里は、代わる代わる佐藤の盃を満たしてくれる。

「今夜は専務の慰労も兼ねてるんだから、存分に飲んでくれたまえ」

屋敷から優しいねぎらいの言葉をかけられて、佐藤はついほろりとしてしまった。遠い異国にやられて勝手がわからず、業務も思うようにはいかないので、苛立ちと心細さに苛まれている時だ。屋敷の一言一言が、身に沁みてありがたく聞こえる。

こんな屋敷に比べて衣笠の奴は米国に来るどころか、電話一本もかけて寄こさないのだからと、私に対して不信感を抱いたのも無理はない。

頃はよしと屋敷は判断したのだろう、今里に向って、

「なあ、今里君、こんなに専務がいい気分で飲んでおられるのに、無粋な話はしたくないよな。今夜は専務の慰労会で終わりたいのだが……」

「しかし、これは重要なことですから、専務に確かめておかないと、あとあと困ったことになりますから」

今里が困惑気味に低い声で応じた。

「そうだね、わかった、これはうやむやにはできないことだからね」

屋敷はそうきっぱりと言うと、佐藤に面を向け、

「佐藤専務は、衣笠社長の脱税には関わってはいないよね」

驚くようなことを口にした。

佐藤には何のことやらさっぱりわからない。鳩が豆鉄砲を食らったような顔をしていた。

「どういうことですか」

屋敷が声をひそめるように、

「実は衣笠社長が、脱税をしていて逮捕されそうなんだよ。もし、専務が関わっていたとしたら、対策を考えないといけないのでね」

佐藤はまだ事情が呑み込めないまま、

「私は脱税のことなんか全く知りませんし、関わってなんかいません。何のことかさっぱりわかりません」

と答えた。それはそうだろう。私が脱税したというのも、国税が日本のサン・ビレジに調査に入っていたことを利用した屋敷の作り話で、その作り話を佐藤に信じこませるために、今里と二人で芝居をしたに過ぎないのだ。

「わかった、それなら結構。私が思っていた通りだ。今里君も私と同じだよね」

「はい、私も佐藤専務が、衣笠社長の脱税なんかに関わっていないことは十分承知してい

ました。専務は衣笠社長と違い、金銭に関してはとても潔癖な方ですから」

佐藤は私が脱税をしていて、逮捕されるかも知れないと聞き、想像もしていないことだったので、驚きが先に立ち真偽まで確かめる余裕がなかった。第一、屋敷と今里がわざわざ米国まで来て嘘を言うはずがないし、ましてや今里は公認会計士だ。脱税や逮捕などという発言を、虚偽にすることは絶対にないだろうと、完全に信じ込んでしまった。

佐藤を騙しおおせたと判断したのだろう、今里は妙に深刻な表情で、

「大変、言いにくい話なのですが」

と前置きすると、

「実は衣笠社長は、佐藤専務は業績が悪すぎるので、もう、サン・ビレジには要らないと言っています。専務には、今までの業績に対する報酬は払いすぎる位支払ったので、これ以上の我が儘は許さないと言ってますよ」

今里は言葉を十分吟味するように、ゆっくりとした調子で言った。

すると、屋敷が驚いた表情で、

「それらしいことを言ってたのは知っているが、そんなことまで言ったのか。あの社長、少し図に乗りすぎてるな」

「秘書の五反田も、衣笠社長は事あるごとに佐藤専務のことを悪く言うので、聞くに耐え

ないと言っています」

佐藤は二人からここまで言われたのと、今までの刷り込みにより、私に対する信頼は完全に崩壊し、私との関係はもうこれまでかと、がっくりと肩を落とし悲痛な表情をうかべた。屋敷がこの時とばかりに、佐藤の肩に手を置いて、

「もうこれ以上、衣笠社長に義理立てすることはないよ。彼はひどすぎるよ。うちにおいで、うちが引き受けるよ。衣笠社長が逮捕されたら、サン・ビレジの次の社長は佐藤専務しかいないよね。だからいったんうちに入って、上場企業の社長に耐えられる実力を身につけなきゃ」

と優しい気づかいに満ちた、しかし、ずしんと心に響く威厳のある声で言った。今里が今度は佐藤の手を取った。

「屋敷会長が直接こんな言葉をかけて下さるのは、異例のことですよ。ありがたくお受けすることですね」

屋敷と今里の二人の言葉に、からめとられるように佐藤は、

「わかりました……どうぞよろしくお願いします」

放心状態ながら小声で言い、佐藤は深々と頭を下げた。

サン・ビレジを乗っ取るために、屋敷は幾つかの目標を立てていたようだ。その一つが、

私と佐藤専務の間の強い信頼関係を分断することで、サン・ビレジ内部の弱体化を謀ることであった。それが叶えられた瞬間だった。

佐藤はアメリカ・サン・ビレジへの出資の名目で、一千万円をコラン社から借金させられたことはすでに述べた。その他にもコラン社に二百万円の借金があった。百万円は以前、佐藤がサン・ビレジから借り入れていたものを、私と同様の理由でコラン社に借り換えるように、今里から指示されたものであり、あとの百万円は、

「佐藤専務、お金、足りていますか。屋敷会長が心配されています。百万円を用立てるようにと、仰せつかっています」

今里が前回米国に来た時に、今里から言われてコラン社から借りたものだ。この時、佐藤は物価の高い米国での生活に困っていたし、長崎に建てた自宅の住宅ローンの支払いにも追われている状況だったので、屋敷の心遣いが、涙が出るほど嬉しかったそうだ。

結局、その二百万円を合わせての一千二百万円を、佐藤はコラン社から借り入れてしまった。

嘘に嘘を重ねて

大きな商談があるとのことで、翌日、朝一番の飛行機で屋敷は東京に戻って行った。あとに残った今里から佐藤は、

「日本のサン・ビレジから、業績の悪いアメリカ・サン・ビレジを切り離す必要があると、衣笠社長が判断されました。そこでエリー奥様と佐藤専務で、六対四の割合で株を持ってもらうことになりました」

と告げられた。屋敷の妻エリーは、ヤシキコンサルの専務でもある。なぜ、エリー専務がアメリカ・サン・ビレジの株を持っているのか不思議で、そのことを今里に問いただすと、

「それは衣笠社長がエリー奥様に、アメリカ・サン・ビレジの株を買い取るようにお願いしたからです。衣笠社長は無責任にも、アメリカ・サン・ビレジを見捨てたのです。全てはご自分の利益のために」

と今里は返答した。

これについても事実は全く違っていて、私は屋敷から上場のためには、サン・ビレジ本

体から赤字経営の米国支社を切り離す必要があると説明され、上場に必要な措置であればと、全株式を「一円」でエリーに譲渡することを承諾し書類にサインをしたのだった。

そんなこととは露知らない佐藤は、今里に言われるままに内容も吟味せず、英語で書かれた「アメリカ・サン・ビレジの株式四割を取得する旨の契約書」にサインをした。

佐藤は、

「これで自分が出資した一千万円が、アメリカ・サン・ビレジの資本金になったのだ。私が四で、エリー専務が六ということは、エリーさんはアメリカ・サン・ビレジのために、一千万円以上の出資をされたんだな。ありがたいことだ」

と思い、アメリカ・サン・ビレジの再建に、全力をそそぐ決意を一層固めたそうだ。

後日、屋敷たちの悪事がばれたあと、改めてアメリカ・サン・ビレジの謄本を取ってみると、何と株主は、日本のサン・ビレジが一〇〇％のままになっていた。佐藤の名前もエリーの名前もどこを探しても記載されていなかった。つまり、佐藤が借りたお金は一円たりとも資本金にはなっていなかったのだ。お察しの通り、そのお金は全額還流して屋敷の懐に入っていた。それなのに、彼は毎月多額のお金を返済金という名目で、屋敷に騙し取られていたのだ。人の善意を徹底的に利用して、嘘に嘘を重ねてしゃぶりつくす。悪徳という言葉以外見つからない。

国税調査

国税局がサン・ビレジの東京本社に入り、税務調査が始まったのは一月二十七日のことだった。当日、私は外出していてそのことを知らず、翌日の朝、出社した私のところに、今里と園田が来てそのことを告げて初めて分かったことだった。

しかし、二人から、

「税務調査が入っている時に、社長が社内をうろうろしていると、国税に捕まっていろいろなことを聞かれるので、調査が入っている間は社内にいないで下さい。税務調査につきましては、いままで何度も経験した我々におまかせください」

と言われたので、調査チームの責任者に挨拶をして、名刺を交換しただけで帰宅した。

妻の葉子が怪訝そうに出迎えた。

「どうしたのですか。具合でも悪いのですか?」

多分、私が疲れた表情をしていたのだろう。国税が入り、しかも、私が社内にいないほうがいいと言われて帰ってきたのだが、どういう調査でどういう結果が導き出されるか、それがわからない不安がある。それが顔に出ていたのだろう。

私は仕事については、ある程度のことは葉子にも話すが、面倒なことは家の中に持ち込まないようにしていた。それで国税が入ったことを葉子に知らせるべきかどうか迷ったが、変な時間に帰宅した訳は話したほうがいいと思い、

「国税の調査が入ったんだ。初めてのことだから少し心配だよ」

葉子の目は丸くて大きい。その丸い目をいっそう大きく見開いた。

「それは大変ですね。でも、会社にいないとまずいんじゃないですか?」

「いや、社長が会社にいると、逆にまずいそうだ」

「でも、質問されたら答えなくてはいけないでしょう。社長の貴方が答えないと行き違いがあったら、あとから困るのじゃないですか?」

「それはそうだが、今里さんにまかせておいたほうがいいだろうからね」

「今里さんの指示で帰っていらしたんですか?」

葉子は疑わしそうな表情で言う。

「そうだよ。彼は公認会計士だから経験値も豊富で、国税局対策は心得たものだそうだ」

「でも、あの方はヤシキコンサルの方でしょう」

「それはそうだが、サン・ビレジの財務コンサルでもあるからね。それに、うちは別に悪いことは何もしてないのだから、国税だって拍子抜けするんじゃないかな。今迄、何度か長崎の税務署が入ったけど、一度も大きな指摘を受けたことはないし」

「でも、本当に今里さんにまかせておいていいのですか?」

葉子の疑わしそうな表情は消えない。彼女はどうも今里のことを快く思っていないらしい。それはそうだろう、今里は私たちが東京に引っ越してくるとすぐに、賃借した家にやって来て、葉子に向かい、

「サン・ビレジ上場の噂が洩れて、敵対する企業から上場を妨害する動きがあります。それでまことに申し訳ありませんが、外部との連絡はできるだけ控えて下さい。一応、ご実家のご両親だけということにしてください」

と、申し渡された経緯があるのだ。まさか、そんな不自由を強いられるとは夢にも思っていなかった葉子は、不満を露わにした。

「そんなことなら、私は長崎に帰ります」

いきり立つ葉子に、今里はやんわりと、

「ごもっともです。お叱りは私が甘んじてうけますから、どうぞ、東京にいて衣笠社長を

助けてあげて下さい。今、衣笠社長は大変重大な立場におられます。サン・ビレジという長崎の企業が、東京に本社を構え上場を果たそうとしている。今が一番大切な時期なのです。社長は心身ともに大変なご苦労をされています。疲労困憊と言っても過言ではないでしょう。ご自宅に帰って、奥様の『おかえりなさい』のひと言がどれほど嬉しいか、そのひと言で、明日もまた頑張ろうという気にさせられるのです。それに、そんなに長い間ではありません。上場を果してしまえば、もう何の問題もないのです。ただ、上場するまでは、細心の注意を払って事に当たらねばならないのです。実は屋敷会長から、まだ絶対に誰にも明かしてはいけないと固く口止めされているので、ここだけの話にしてください。何月何日とまでは言えませんが、上場はもう目前です。奥様、ですから上場までの辛抱だと思って、ご機嫌を直して衣笠社長の側にいて支えてあげてください」

上場までの辛抱だ、側にいて夫を支えよと言われて、葉子も腹を据えて、不自由な東京暮らしを続けているのだが、今里については「あんなに口がうまい人は、信用しないほうがいい」と、口に出して言ったこともあるし、常々そう思っていたようだ。

葉子が今里を快く思っていない点について、女性は人を判断するのに、感情的な物差しに頼り合理性に欠けていると思っていたが、結局、葉子の判断は当たっていたのだ。女性には本能的にそういう直感力が備わっている。この時、葉子の言うことを聞いていたら……。

見つかった決算書

葉子は私に会社に戻って、国税局と向かい合うようにと勧めたが、私は今里が持つ公認会計士という資格に幻惑されて、今里にまかせることに拘り、そのまま家にいてじりじりしながら、今里からの連絡を待った。

その夜七時過ぎになって、ようやく今里から電話がかかってきた。会社の近くの居酒屋にいるからそこに来てくれと言う。指定された居酒屋「権八」に行くと、そこには今里が一人でいた。

「国税からは閉鎖したシンガポール支社の問題を指摘されました。シンガポールの経理書類が紛失していることが、大きな問題になっています」

と今里が言ったので、

「シンガポールの経理書類って、以前、ヤシキコンサルさんが回収したんですよね？」

と私が言うと、

「いえ、ヤシキコンサルはもらってないですよ。以前、回収しにシンガポールまで、うちの社員が行ったときに、担当の方が『経理書類は、衣笠社長に送ったのでありません』と、言われていたとのことです。衣笠社長がお持ちですか?」と今里は言う。

シンガポール・サン・ビレジは経営が軌道に乗らず、ヤシキコンサルの指示で業務を止めていた。その際、経理書類は全て、シンガポールの経理担当者の元からヤシキコンサルが回収したという報告を、私は受けていた。それが、私が持っていることになっている。なぜ、そうなったのか、私は狐につままれた気がした。残念ながら当時のシンガポール支社の経理担当者は、今は退職していて連絡のつけようがない。

国税は、

「書類が紛失しているというのは嘘で、私がシンガポールの社員に指示して隠している。経理書類がないのであれば、売上げと利益の隠蔽とみなさざるを得ない。その額は一億円を超えるだろう、脱税額が一億円を超えると逮捕ということになる」

と言ったという。私は逮捕と聞いて体が震え出しそうになって、口もきけないでいた。

そんな様子を見ていた今里は、

「大丈夫ですよ、逮捕なんかさせません。我々が全力で衣笠社長を守りますから」

と、私の肩を力づけるように叩きながら言うので、何とか胸の騒ぎを落ち着かせることができたが、今里から酒を勧められても一滴たりとも喉を通らない。心配の塊のようになっている私を見て、不思議なことに今里は少しほくそ笑んでいるように見えた。この光景は私の脳裏に刻みこまれていて、今でも鮮明に甦って来る。「逮捕」という言葉に私が極端に反応して見せたので、これは使えると今里は秘かに腹の底で楽しんで、次の策を思い描いていたのかも知れない。

しかし、幸いなことに私の自宅の保管庫に、シンガポール・サン・ビレジの三期分の決算書と納税証明書が残っていた。経理書類はいくら探しても出てこなかったが、決算書と納税証明書があったお蔭で、シンガポールできちんと税金を払っていることが証明され、脱税の嫌疑は晴れたかに思えた。もし、決算書と納税証明書が出てこなかったら、本当に私は逮捕されたかも知れないし、一億円を超える追徴課税を払う羽目になっていたかも知れない。そんなことを考えると背筋が寒くなる。やはり神様はおいでになったのだと、本気で神の存在を信じたくなったほどだ。

しかし、安心したのも束の間、ヤシキコンサルの魔の手は国税の調査を好機とばかりに、さらに巧妙の度を深めてきた。

後にわかったことだが、シンガポールの経理書類はヤシキコンサルによって葬り去られていた。私を追い込むためには、彼らは手段を選ばなかった。

逮捕の恐怖

次の日、サン・ビレジの社長室に今里が来て、

「衣笠社長がされた株式の無償譲渡の件についても、国税は問題にしています」

と言いだした。無償譲渡というのは、屋敷から、

「代表取締役が大多数の株式を保有しているほうが、資本政策がやりやすく、株価がつきやすいからね」

と言われたので、私は自己資金で、役員や社員に分散していた株式を買い集めていった。しかし、資金が底をついたため、今里の指示で、役員や社員たちが私にその持株を無償で譲渡し、その代わりに会社から役員や社員に、それぞれの株式評価額に見合った特別賞与を与えるということをやった。そのことを指している。

今里からその提案を示された時、

「そんなことをして、大丈夫なのですか？」

と私は疑問を呈したのだが、今里は、

「このスキームは、どの会社でも上場前にやっていることです。社長個人で譲渡益に対する税金さえ払えば、全く問題はありません。これは合法スキームです」

と即座に答えるので、これもまた多数の会社を上場させた公認会計士の言うことだから、間違いはないだろうと信じて実行した経緯がある。

こうして、会社が賞与として支払った額は約三千万円で、自力で集めた株、四千万円分と合わせると、それまで約六割だった私の保有株式は、約九割に上がっていた。

「国税はそのスキームで、役員に支払われた賞与は、実質的に衣笠社長に対する報酬と判断して問題にしています。こちらも追徴課税されますよ。シンガポールの疑義のある経費分と合わせると、相当な額の脱税をしたと見なされています。一億五千万円くらいではないでしょうか」

しかし、シンガポールの決算書も出てきたし、疑義のある経費のことは前にも述べているが、前の税理士事務所では認められていたものが、ヤシキコンサルの監査では上場基準には合わないとして、五千万円分全てをシンガポール支社の経費とはせず、私の個人的な負債にして片がついているので、別に問題はないはずだがと、私は反論した。

するとと今里は、

「その話は全く別物で、五千万円分の経費は疑義があるにも関わらず、シンガポールでは決算処理されてしまっていたことが問題なのです。決算書や納税証明書があっても、経理の書類がないことが大問題なのです。書類がないと決算内容が、正当であることの証明のしようがありませんからね。これは経理書類の保管義務違反にもあたります。国税は書類がない分は、故意の隠蔽とみなし、それを脱税行為と言っているのです。特に本社からシンガポール支社に、楽器の購入資金として送金された約八千万円の行き先を証明する書類がないのが、一番の問題なのです。株の買い取りのための賞与支給も、どんな会社もやってることなのに、国税は頑として否認の一点張りです」

それから、鋭い口調でとどめを刺すように言った。

「国税としては、とにかく衣笠社長を逮捕したいのです。それを手柄にしたいのですよ。今のところ残念ですが、経理書類がない以上はお手上げ状態です。このままでは衣笠社長の逮捕は、間違いありません」

また、今里から「逮捕される」という言葉を聞かされた。一度はそれがなくなったと安心したところに、再度聞かされると、信憑性が二倍にも三倍にもなって迫って来るようで、私は恐怖心に襲われ我を失っていった。

「逮捕されないためには、一つだけ方法があります」

私の恐怖心に付け入るように、今里が低く囁くような声で言った。

「屋敷会長に頭を下げに行くことです。会長の人脈で国税に圧力をかけて、逮捕を阻止してもらうのです」

屋敷の人脈の豊富さには、それまでにも驚かされてきた。今里が言うようにその人脈を頼れば、確かに国税に圧力をかけることができそうだ。通常であれば、そんな考えには至らないのであるが、その時の私は、理性というものをすっかり失っていた。手錠をかけられて社屋の玄関から連れ出され護送車に乗せられる、私自身の惨めな姿が脳裏にちらつき、何度追い払っても決して消えてはくれないのだ。

「とにかく、今から屋敷会長にお願いに行きましょう。会長の性格は私がよく知っていますから、全部私にまかせて、衣笠社長は黙ってただ頭だけ下げていて下さい。衣笠社長が何か言われると、屋敷会長が、どういう風に受けとられるか、それによって事態が悪くなることだってありますからね。会長はいい方なのですが、ご存知のように大変難しいところもありますから」

要するに、喋るのは今里だけで私は何も喋るなということだ。これも何故なのか理解しがたいのだが、今里にまかせるしかない。屋敷に動いてもらわないと、私の身が危ないのだ。今里にうながされるまま、私は今里の後ろについて、最上階の会長室に重い足をひきずるようにして行った。ドアをノックする前に今里は振り向いて私を見ると、

「黙って、ただ頭だけを下げて下さい、よろしいですね」

と念を押した。私は頷くしかなかった。

ヤシキコンサルの会長室に入ると、屋敷は机について何かの本を読んでいた。私はいつも屋敷の知識の豊かさには感心していた。単に経済面だけではなく、文化、文学、美術、音楽、スポーツ……いろんな分野に関して話題が豊富なのだ。誰と話してもちゃんと会話が成り立つのは、こうして日々、読書などで研鑽を積んでいるからなのだろうと、私は改めて屋敷を見直したのだった。

屋敷の前に立った私たちを見ると、屋敷は「おや」というような顔をして、読んでいた本をぱたんと閉じて立ち上がって、応接セットのほうに歩みより、そこに掛けるようにと手で示した。

「どうした。二人とも困ったような顔をしてるな」

と言いながら、どっかりとソファに腰を下ろした。

「はい、会長、お察しの通り、国税は衣笠社長の逮捕にどうやら踏み切るらしいのです」

「うん、シンガポールの経理書類も出てこなかったし、株の無償譲渡問題もあるし、その他もろもろ悪い条件が重なっているからな」

「はい、国税は証拠を握っているので、言い訳は聞かないと言っています」

「そうだろうな。国税に睨まれたらアウトだね。うちがコンサルしている会社でも、そんな例がいくつもあったからね」

「それは会長、順序が違います。国税に睨まれてアウトになりそうだったから、うちを頼ってきたんですよ」

「うん、それはそうだが、とにかくまずいことになったな。もっと早く手を打っておかないからだろう。今里君、君の責任でもあるな。衣笠社長は経理や財務については素人なんだから、現場が何をやっているかなんて、わかるわけがないのだから。そのために公認会計士の君がついていたんだろう」

「申し訳ございません」

今里は神妙に頭を下げた。私もあわてて今里を真似た。

「確かに、私がついていて迂闊でした。まさか、国税がここまでやるとは、想像してなかったもので」

「担当者によっても温度差はあるからな。今回は運が悪かったんだろう。功名心の強い担当に当たったんだろうな。逮捕は勲章になるからな」

「はあ、しかし、このまま手をこまねいていれば……」

今里はそれから先は言いよどんで、口の中で何かぶつぶつと言っている。かすかに「国税」「逮捕」という言葉が聞こえた。

それを引き取るようにして、屋敷がきっぱりと言った。

「このまま何の手も打たなければ、衣笠社長の逮捕は確実だと。こういうことなんだね」

「は、はい。その通りです。何としても衣笠社長の逮捕だけは阻止したいのです」

今里はポケットからハンカチを取り出すと、額の汗を拭った。私はといえば額どころではない。脇の下から背中から首すじも胸元も、じっとりと汗で濡れてしまっている。

不意に今里が、がばっと両手をテーブルに付け、深々と頭を下げて振り絞るような声で言った。

「どうか、どうか、衣笠社長をお守り下さい。それができるのは屋敷会長だけです。何卒、何卒、お願いします」

私も今里よりも、もっと深く頭を下げた。

「お願い致します」

頭を二人が下げて三十秒くらいたったところで、屋敷はおもむろに、

「わかったよ、わかった。なんとかするから、二人とも頭を上げてくれ。もし、逮捕されたら上場がアウトになるから、私としてもそれは困ることなんだよ。わかった、わかった。国税は私が押さえるよ」

今里がゆっくりと頭を上げると、まだ頭を下げたままの私を見て、

「よかったですね、衣笠社長。屋敷会長が約束してくれましたから、もう安心ですよ。さ、頭を上げてください。それに会長は、上場のことまで心配して下さっているのですよ。ありがたいことです」

私は屋敷と今里の言葉を聞きながら、忸怩《じくじ》たるものがあった。というのは、私が逮捕されるということで、サン・ビレジの上場がなくなるということまで頭が回らずに、ただ、恐怖心から逮捕を免れたいとばかりに行動してきたが、屋敷はサン・ビレジの上場が叶わないことを、恐れてくれているのだ。私の頭には、そのことへの思いは一度も浮かばなかった。やはり、私と屋敷では器が違うので、これからも屋敷を頼っていく他はないと、心中深く思い定めたことだった。

屋敷と今里を代わる代わる見ながら、「ありがとうございます」と心から礼を述べたが、これで逮捕されずに済むし、上場も叶うのだと思うと、緊張の糸が切れて全身の力が抜けてしまったような虚脱感に襲われ、「ふぅー」と安堵の吐息を洩らしていた。

屋敷が国税に顔が利く政治家か役人に話をつけてくれて、私の逮捕と国税からの追及はなくなると本気で信じていた。ようやく、今まで通りの日々の業務に戻れると思っていた。

しかし、そんなに甘くはなかった。

二人代表制の強要

二日後、出社した私を、今里が待ち構えていた。

社長室に私のあとについて入ってくるなり、

「会長がいろいろと手を回し、国税は社長の逮捕は断念する方向です。ただ、その代わりの条件を国税から示されました」

「条件って、どんな……」

私は今里から聞く前から、その条件を呑まない限りは、私が逮捕されることになるのかと、再び恐怖心の虜になってしまった。

条件というのは五月一日以降、サン・ビレジは、私とヤシキコンサルの社長である田川庄蔵との共同代表制を敷くようにということだった。

「つまり、その意味は、もう一人代表取締役を置いて、相互監視ができるような体制にするということです。いわゆる、ガバナンスの強化を求めてきたわけです。田川は御承知の通り、元税務署長で税理士だから、国税からの信頼度が全く違いますから。ある意味、彼らの仲間なんですよ」

「これは国税の担当者が言ったことです」と、今里は弁解しながら言った。

「社長が二人いるのはおかしいのでは」

私は恐る恐る反論を試みた。

「いえいえ、二人代表制を取っている会社はたくさんありますよ。衣笠社長は今後は代表取締役ファウンダーとなり、田川が代表取締役社長となります」

「代表取締役ファウンダーというのは、どういう立場ですか?」

「唯一無二のポジションです。ヤシキコンサルでも、創業者である屋敷会長は、創立当初は社長でしたが、今はご承知の通り田川が社長です。それと同じことですよ。衣笠社長が会長にランクアップされるとお考えください」

「私が社長でなくなるということは、代表印は田川さんに渡すということですか?」

今里は頷いた。

「ヤシキコンサルでも、代表印は社長の田川が持っています。しかし、実権は屋敷会長にありますから、代表印を押す時は、必ず屋敷会長が立ち会っています。それと同じことです。田川が勝手に印を押すことはありません。あくまで国税対策のために共同代表制を敷くわけですから。実権は今まで通り、衣笠社長が持つのですよ」

確かにヤシキコンサルでは、屋敷が会長で田川が社長に就いているが、屋敷が全権を握っていることは、誰の目にも明らかだ。それと同じことだと今里は繰り返すが、やはり、代表印まで渡すとなると考えものだ。しかし、私が逮捕されないための条件として国税が出してきたのだから、承諾しないわけにはいかない。私は一抹の不安を残しながらではあったが、とにかく、逮捕されることだけは避けたいという思いに押し切られて、その提案を受け入れることにした。

すると、それまで深刻そうに眉根を寄せていた、今里の顔がゆるんだ。

「これで屋敷会長も、ほっと安心されますよ。社長が逮捕されるようなことになったら、切腹ものだと、心配されていましたからね。国税に顔が利く有力者にも、いろいろ頼んでおられましたが、ヤシキコンサル社自体ではなく、得意先のことですから、頼まれたほうも期待したほど熱心に動いてはくれませんしね。悪いことをしたのなら責任を取るのが当然だなどと、正面切って言われたりもしたようで、確かに国税が摘発したことをもみ消してくれというのですから、そうそう簡単ではないわけですよ。しかし、今でも逮捕されていないということは、やはり、屋敷会長の顔が利いているからということはおわかりですよね」

今里の言い分を聞いていると、もっともに思えた。やはり、屋敷に頼るしかないと改めて悟ったのだった。

私はロボット

その日も私は、げんなりした青い顔で自宅に戻った。

風呂から上ると、葉子が食卓に酒の肴を何品かみつくろってくれている。ビールを冷蔵庫から取り出すと、笑いながら、

「ロボットみたい」

「ロボット？　俺が？」

「そう、ロボット。だって、何も考えてないみたいだもの」

「そうか、ロボットか。俺が考える間もない速さで、物事がどんどん動いていってるんだよ」

「でも、逮捕されないようにして下さったのでしょう」

「そうだよ、今のところはね。しかし、国税というのは怖いね。まだ、何か言いがかりをつけてくるかも知れない」

せっかく、葉子があしらってくれた酒肴だが味がしない。ビールもただ泡が立った水のようでうまくない。

箸を持ったまま、なかなか動こうとしない私の手もとを、じっと見つめていた葉子が、

「もう、いいのじゃありませんか」

きっぱりとした口調で言った。

「逮捕されたくないから、これまでその一心で頑張ってきたのでしょう。でも、もうこれ以上無理をすることはありませんよ。逮捕されたらされたで、いいじゃありませんか」

私は唖然とした。葉子の口から逮捕されてもいいというセリフが出たのが信じられなかった。

「なにを馬鹿なことを言ってるんだ。逮捕なんかされてたまるものか」

「でも、サン・ビレジは、何も悪いことはしてないのですから、国税が告発しても警察でちゃんと説明をすればいいんです。サン・ビレジが正しいか、国税が横やりを入れている

か、警察が正しく判断してくれますよ」

私は、はっとして葉子を見た。彼女の表情は自信に満ちていて、しかもからっと明るい。そうか、私は一瞬、目が覚めたような気になった。

その通り、サン・ビレジも、その社長である私個人も、国税に摘発されて逮捕されるほどの悪事には、一切関わっていない。ひょっとしたら経理上の知識がないまま、ミスを犯した部分があるかも知れないが、それは事情を説明すれば済むことだろう。

シンガポールの経費書類の紛失も故意ではない。ヤシキコンサルに否認された五千万円も、自己負担している。株式の賞与を用いた無償譲渡も、公認会計士である今里の発案により行ったこと。勿論、全ての最終責任は、社長である自分にあるのはわかってはいるが……。なぜ、こんな単純な事柄に気がつかなかったのだろう。ただ、逮捕されるというその恐れだけで、私の目は何も見えなくなってしまっていた。明日、今里にそのことを言って、「もう逮捕は恐くない」と知らせよう。私はそう心に決めると、ようやく箸を動かし始めた。

葉子が空になったコップに、ビールをなみなみと注いでくれる。男性よりも女性のほうが、いざと言う時には胆が据わるものだと聞いたことがあるが、その説の正しさが、まざまざと証明されたような気がした。

束の間の反旗

私はこれ以上、国税の要求には応じられないと、腹を括っていたのだが、国税側からは何も言ってこないまま、数日が平穏に過ぎた。屋敷や今里たちのお蔭で、逮捕騒ぎも一段落し、あとは上場に向けて事を進めるだけになったと私は胸をなで下ろしていた。

上場さえ済めば、佐藤やサン・ビレジの社員たちとも、自由に連絡が取りあえるようになるし、組織構築まで一時的に出向している、ヤシキコンサルの連中も離れていくだろう。上場して一回りも二回りも大きく成長したサン・ビレジが、今度は日本一の音楽教室を目指して、躍進していくことになるのだと、一旦はしぼみかけていた夢が、また、私のもとに戻ってきたことを実感していた。

ところが、現実はそうはうまく運ばないのが、世の常なのだろうか。

三月二十日だったと思う。サン・ビレジの社長室に、今里がやって来て、

「屋敷会長が、サン・ビレジを代表者二名制にするからと、国税を説得したのですが、どうもうまくいかなかったようで、会長も怒っていまして、何が問題なのかと詰問したとこ

ろ、例の社長が株式の無償譲渡を受けた件を蒸し返してきて、納得できる解決策を示さないと、衣笠社長の逮捕が消えたわけではないと言われたそうです。国税は、株式の無償譲渡を受けるために、会社が支払った特別賞与三千万円は、全額、衣笠社長個人の報酬とみなすと言ってます。その三千万円をすぐに会社に返さないと、社長への贈与と見なされ、重加算税も含めて社長個人に相当な税金を課すと言っているそうです。それですぐに、会社に戻さなければならない三千万円は、社長が資産を売却して作らないといけないことになります。というのは、国税は社長の個人資産は全て把握していて、社長の通帳には現金がないことも知っています。つまり、社長ご自身のお金だと、社長が不正に蓄財していたと判断されて、これまた脱税の容疑がかかってきます。長崎のご自宅を売って、返済金を作るのはいいのですが、それでは時間がかかりすぎて間に合いません。結局、すぐにお金にするためには、サン・ビレジ株式の売却以外にはないのです。三千万円分をコラン社に買い取ってもらうようにします。それ以外の方法はございません」

今里はそこまで言うと、すでに準備していた株式の譲渡契約書と前回同様の覚書を、私の前に置いた。

「一刻も早く、この書類を国税に提出しなければなりません」と言いながら、私に署名と捺印をするようにと迫った。

私は葉子と話しあって、逮捕を覚悟していると今里に告げた。

「きちんと説明をすれば、私が策を弄して脱税をはかったのではないと、わかってくれるはずですから」

今里はこれまで通り、私が唯々諾々と今里の指示に従うものと、高を括っていたと思う。それが突然、反旗を翻してきたものだから呆然として言葉を失って、ただ、私を見つめていた。しかし、それもごく僅かの間のことで、

「社長、逮捕されてもいいなんて正気ですか！　社長を逮捕させてはならないと、今日まで屋敷会長がどれほど苦労されたか、会長の側に仕える私が一番よく知っています。いや、私だけじゃありません。ヤシキコンサルの社員なら、誰でも知っていることです。上場も当然吹っ飛びます。オーバーな表現ではなくて、全てが無くなるのですよ。寝る間も惜しんで対策を考え、色んな方々を訪問して、ようやくここまで来たんですよ。それが今の今になって、逮捕されてもいいとは……これまでの屋敷会長と我々の努力を、踏みにじるつもりですか！」

「いや、屋敷会長はじめ、皆さん方のお心遣いとご努力には心から感謝しています。この気持ちに嘘偽りはありません。しかし、国税は次々に難題を吹きかけてくるでしょう。今回もこうして国税の言いなりになったとしても、また、次に何を言ってくるかわからない。

そろそろ終わりにしないと、きりがないでしょう。それで妻とも相談して、私がありのままをきちんと説明すれば、警察もきちんとした裁断を下されるのではないかと考えたわけです。まあ、賭けと言えば賭けかも知れませんが、もうこれ以上は……」

「わかりました。社長のご心配はごもっともです。では、この書類を国税に提出する際に、交換条件として担当者から、『これが最後の条件で、衣笠社長が逮捕されることは絶対にない』という一札をもらってきましょう。それがこちらの手もとにある限り、向こうはもう何も言ってくることはないでしょうから」

私は屋敷はじめ今里たちが、サン・ビレジのために全身全霊で働いてくれていることに、常々感謝していたし、今また、屋敷のこれまでの苦労を踏みにじるのかと詰問されると、確かに屋敷の面目を潰すことになって、申しわけないという思いがしてきた。それに社長である私が逮捕となると、上場の夢があっさりと崩れるという現実が待っていると思うと、これを最後に、国税の要求を受け入れるしかないのかと、今里が差し出すペンを受け取ると、株式の譲渡契約書と前回同様の覚書に署名と捺印をして、今里に渡した。

この時点でも、私は愚かにもコラン社に譲渡した株式も、国税の嵐が過ぎ去ったら今までの分と同様に、私が返却を求めればいいと考えていた。直ちに返してもらえるものだと、信じ込んでいたのである。

株式の七割を収奪

それから四日後の定例会議で、今里が屋敷に、

「これでサン・ビレジ株式の約七割を取得しました」

と、私の前で平然と言っているのを聞いて、コラン社の持ち分比率が七割にもなっていることを、初めて知り「七割も？　そんなに沢山？」と思い、一瞬顔が引きつった。しかしこの時も、国税対策で預かってもらっているだけだからと自分を納得させた。今里は、七割もの株を奪われた事実に私が気づいていなかったのが愉快だったのか、

「これで衣笠社長の解任は、いつでもできちゃいますね」

と、冗談めかして言った。

屋敷が、

「今里君、冗談が過ぎるよ」

とたしなめたが、今里同様、愉快そうな口調だった。

その後、数週間が過ぎたが、国税からは嘘のように何も言ってはこなかった。

それもそのはずだ。ヤシキコンサルは株式の七割を取得することによって、サン・ビレジの乗っ取りに成功したのだから。国税対策云々は、あくまで国税が調査に入ったことを奇貨として利用しただけで、実際には逮捕どころか、少額の修正申告だけですんでいたのだ。屋敷や今里の言ったことの全てが虚偽であることがわかったのは、後に私が国税局を訪れ、当時の担当者と面談し真実を聞いた時だ。

七割の株式を収奪されたサン・ビレジは、俎《まないた》の鯉となった今、あとはどう料理をするか、その算段をするばかりになっていた。

衝撃の逮捕

忘れもしない四月二十一日、私はその日は朝から妙に気分がすぐれず、朝食も取る気にならず、ざっと朝刊に目を通したあとベッドに横になった。葉子が心配して、

「今日はお休みになったら？　少し働き過ぎですよ。会社に連絡をしておきましょうか」

と体温計を差し出した。

確かにこの分だと、出社しても仕事にはなりそうにない。

「ああ、頼むよ」

熱はないが全身が怠い。風邪の引き始めかも知れないなどと考えているうちに、ついうとうとしていたらしい。葉子の大声で飛び起きた。

「貴方、大変！　大変！」

と叫んでいる。

私が居間に駆け込むと、葉子がテレビの画面を指さして、

「ヤシキコンサルの人たちが逮捕されたって……」

ＮＨＫのニュース番組だった。「教育錬成株式会社に対する詐欺の容疑で、ヤシキコンサルの代表の屋敷と幹部が逮捕された」とアナウンスがあり、会長の屋敷、公認会計士の今里の両名の顔が、テレビ画面に映し出されていた。アナウンサーは容疑の内容を詳細に伝えているようだったが、私の耳には入ってこない。青天の霹靂とはこのことだろう。私は言葉を失ったまま、ただ、テレビの画面を見つめることしかできなかった。

自宅の玄関先から拘引されていく屋敷の姿が映り、顔面がアップされた時、私の口から思わず「うっ」という唸り声が洩れた。屋敷と初めて顔を合わせた日の夜から三日間、屋敷の顔が化け物に変って私を襲ってきたあの悪夢を思い出したからだ。あの化け物の顔が、

テレビにアップされた屋敷の顔そのままだったからだ。私の背を「ぞくっ」とする冷たいものが落ちていく。朝から妙に気分がすぐれなかったのは、多分この逮捕劇を、私の体が予兆として感じ取っていたからだろう。そしてあの時の悪夢は、やはり屋敷の正体を暗示するものだったのだろうか。私の頭は混乱の極みに達し茫然自失の状態にあった。

葉子は私に言いたいことが沢山あったと思うが、その時、彼女はぽつりと、

「困りましたね」

と言っただけだった。この「困りましたね」の中に、彼女の万感の思いが込められていたと思う。

私は再びベッドに戻ると、どっと体を横たえた。頭の中は真っ白になっていた。

教育錬成社というのは、関東を中心に学習塾を運営する会社で、ヤシキコンサルがコンサルをしていた。その会社の社長と、ヤシキコンサルの間で揉め事があり、困っている、その社長を契約違反で訴えたいが、コンサル先なのでそれができないなどと、今里から聞かされていたので、屋敷らが逮捕されたのは、何かの間違いではないかと、本気で思っていた。

私は事がここに至っても、まだ屋敷や今里を信じていた。いや、信じたいと思っていた

だけかも知れない。彼らの企みに気づく機会はいくつもあった。しかし、あえてその機会を逸してきた己の愚かさを認めることを、恐れていたからではないだろうか。だから、ぎりぎりまで彼らを信じるより他なかったのだろう。

弁護士の見解

小一時間ほど経っただろうか、ヤシキコンサルの社長の田川から電話が入った。

私が出社しないのは、屋敷たちが逮捕されたせいだと思ったらしい。電話に出るとすぐに、

「衣笠社長、あれは誤認逮捕です。数日で出てきますから、ご安心下さい」

と、冷静で丁寧な口調で言ったあと、

「サン・ビレジの社員が動揺しますから、すぐに出社して下さい」

と、今度は命令口調で言う。

私は休むつもりだったので、屋敷と今里の逮捕のせいではないと弁解しようとも思ったが、考えてみれば、社長の私が出社しないとなると、社員が動揺するという田川の心配も

よくわかるので、身支度もそこそこに社に出向いた。

私がヤシキコンサルビルの入り口を入り、二階のサン・ビレジの事務所に行くために階段を上りかけると、そこに田川がいて、私のスーツの裾をつかんで、

「このまま上の会議室に来てください」

と、丁寧ではあるが、拒絶は許さないトーンで言った。

二階の社員たちのことが気がかりだったが、仕方がないので田川のあとについて、ヤシキコンサルの会議室に上って行った。そこには、ヤシキコンサルの監査役で顧問弁護士でもある岸本一光弁護士、仙台の沼田税理士がいた。屋敷と今里の逮捕が、誤認逮捕だということを私に信じさせるために、私を待ち構えていたようだ。

「これは完全に警察の勇み足ですよ。ここの弁護士だけでなく、知り合いの弁護士たちの意見も聞きましたが、全員、不当逮捕だと言っています」

「確かに一時的に教育錬成社の資金をヤシキコンサルに移した経緯はありますが、それはあくまで経理上の都合でやったことで、詐取なんて、でっち上げもいいところです。すぐに真相が解明されて無罪放免です。間違いありません」

「タングルウッド音楽祭の利権争いにやられた国策逮捕でしょうね。正真正銘潔白ですから、屋敷会長も今里さんも堂々としていますよ。すぐに不起訴となり釈放されます。恥を

かくのは教育錬成社のほうで、こちらは刑事も民事も徹底的にやりますよ」

と、口々に逮捕の不当性をまくしたててくる。

弁護士や税理士から「誤認逮捕」だ「潔白」だ「不起訴」だと吹き込まれるまでもなく、多くの大企業のコンサルタントであり、政財界の著名人との親交が深いあの屋敷が、「詐欺」などという破廉恥な行為をしたというのがどうしても信じられないでいた。

田川から「逮捕は何かの間違いであり、どんなことがあってもヤシキコンサルと一緒に、日本の音楽教育を変えていく決意は変わらない」と、書かれた文面を記した一枚の紙を渡され、「社員の動揺を抑えるためにも、この内容で話をして下さい」と言われた私は、サン・ビレジの緊急全社会議で、その紙に記された文面を、その通りに読み上げることに躊躇しなかった。

次の日、東京エコノタイムズの新聞朝刊に、屋敷たちが逮捕された記事が載っていた。「塾運営会社から七・二億円詐取容疑　警視庁、コンサル会社社長ら逮捕」という見出しが踊っている。報じられている内容は、「学習塾を運営する教育錬成株式会社の経理業務を委託されていたコンサルタント会社、ヤシキコンサルが、教育錬成社より合計七億二千万円を詐取した疑い。着服した資金は、ヤシキコンサル社の運転資金や、代表者である屋敷会長の遊興費に充てられていたとみられる云々」といったもので、私はそれを読んでも、まだ、そのままを信じる気にはなれなかった。しかし、掲載されたのは経済紙として我が国で、一、二を争う発行部数を誇る大新聞である。まさか、事実を確かめもせずに報じることはないのではと、屋敷とヤシキコンサルに対する、一抹の疑惑の念を抱いたのは確かだ。しかし、「それはない」「そんなはずはない」という気持ちが、私の心を支配していた。その時もまだ屋敷によるマインドコントロールは、強く私の心を支配していたのだ。

それにしても、国税から私の逮捕を阻止しようと尽力してくれていたはずの、屋敷と今里が二人とも逮捕され、私が無事でいるという皮肉な現実を、私はどう解釈していいか戸惑い途方に暮れるばかりであった。私の頭は混乱し、白い靄《もや》がかかっている状態であった。

銀行取引が停止

その日の夕方のことだった。佐世保銀行の融資担当者から私の自宅に電話があり、

「御社の園田役員から聞いたことですが、ヤシキコンサルの田川社長が、五月からサン・ビレジの共同代表者になるというのは本当ですか。もし共同経営をされるのであれば、今後、当行はお取引を続けるのは難しいので、衣笠社長一人の経営のままでいることはできませんか。近く、一度当行にお越しいただき、状況の説明をお願いいたします」

と言われた。真っ当な要求と思えた。

銀行が取引停止になれば、今後のサン・ビレジの経営は成り立たないので、翌日、園田に対して、「このままでは銀行の借り入れができなくなるので、田川さんの代表取締役就任は、白紙に戻してもらいたい」ということと、「ヤシキコンサルに預けている、私の株式をすぐに返してもらいたい」の二点を申し出た。

しかし、園田は私から目をそらし、あいまいな態度を取ってきちんとした返事を寄こさない。ここであきらめたら、取り返しがつかないことになりそうで、何度も園田に掛け合うが、素知らぬふりを通すだけだ。そのうち園田は、

「銀行の融資が望めないのなら、第三の道を探しましょう」などと、悠長なことを言いだす始末だ。業を煮やした私は、屋敷から「僕の親友」とも紹介されたこともあるヤシキコンサル監査役の岸本弁護士に、勾留中の屋敷に約束通り株式を返すように伝えてもらいたいと頼んだ。この岸本が、屋敷と逮捕を免れたヤシキコンサルの幹部たちとの間の連絡役

を務めているのはわかっていた。岸本は「わかりました」と、その役目を引き受けてくれたものの、私の期待は完全に裏切られた。

「ヤシキコンサルとサン・ビレジは、これからも共存共栄でやっていくのが一番で、裏切ったら共倒れになる。これ以上衣笠社長が騒ぐと、社長の解任もあるということを承知しておくようにということでした」

「私の解任ですって？」

「それが、大株主のご意向です」

岸本弁護士は涼しい顔で言う。私は絶句した。多分、私の顔は真っ赤になっていたと思う。声は震えていたかも知れない。

「つまり、屋敷会長が大株主という意味ですか！」

岸本は顔色一つ変えない。

「そう、七割の株式を持つ大株主です」

コラン社の社長は、屋敷の妻エリーである。しかし、屋敷が実質的な支配者だということは、誰もが認めていることだ。そして、私の株式の預け先はコラン社である。

ここに至って、私はようやく屋敷の正体と、彼が率いるヤシキコンサルが集団で詐欺や脅迫行為を行い、会社乗っ取りを図る犯罪者集団であることを、はっきりと知ることになった。株式の七割までも奪われ、獄中の屋敷のメッセージを聞くまで、そのことに気づかなかった己の愚かさに、私は自身の拳を振り上げて、我身を打ちのめしたい程の怒りを覚えていた。

今里が「サン・ビレジの株式を七割持ったから、衣笠社長をいつでも解任できる」と、口にした場面を、私は鮮明に思いだした。「冗談が過ぎるぞ」と、たしなめた屋敷と今里は、サン・ビレジが乗っ取られたことにも気づかないでいる私をどんな思いで見ていただろう。

翌日、私は田川から呼び出されて、ヤシキコンサルの会議室に行った。そこにはヤシキコンサル社員の村島五郎がいた。村島は米国のイェール大学でＭＢＡを取得した経歴の持ち主で、屋敷から「村島君は超優秀だよ。ヤシキコンサルの稼ぎ頭だしね」と、以前、紹介されたことがある。田川から、

「ヤシキコンサルとの顧問契約は、四月一杯で打ち切りにして下さい」

と言われ、私も当然そうすべきだと思っていたので、すぐに承知した。すると今度は、田川がサン・ビレジの代表取締役にならない代わりに、村島を取締役にするようにと提案してきた。

「村島さんはこれまで、サン・ビレジとは直接かかわりがないでしょう。その村島さんが

取締役とは、どうしてですか」

「村島を取締役にして下さい。そして社内的には村島がトップで、社外的には衣笠社長がトップという体制にしていただきたい」

田川は譲ろうとしない。しかし、私も強気に出た。彼らの正体がわかった今はこれまでのように何でも「はい、はい」という私ではない。

「それはおかしいでしょう。会社のトップは代表取締役ですし、社内と社外のトップが違う体制など、聞いたことがありません」

すると、田川が私の顔色をうかがうように、

「その件はわかりました。しかし、取締役というポジションだけはお願いします」

と言ったあと、ぼそっと付け加えた。

「これは大株主のご意向です」

明らかに勾留されている屋敷が、田川に命じて言わせている。大株主が不当だと私は言いたいが、サン・ビレジの株式の七割が、屋敷の手の内に握られている現状では黙らざるを得ない。議決権がないと記された覚書は、私の手元にはないのだ。それでもこのまま引き下がるのは何としても悔しいので、村島の取締役就任は承知する代わりに、銀行融資が打ち切られるのだけは避けたいから、預けている株を早急に返してもらいたいと、ここで

も願い出た。

田川は「わかりました」とは答えたものの、全く誠意が感じられない表情だった。私が村島の取締役就任を承知したのは、サン・ビレジの役員は、私と佐藤専務、関本常務、園田、村島の五人なので、過半数はサン・ビレジ側が占めることになり、状況に影響することはないと判断したからである。ところが、この判断が誤っていたことを後になって思い知ることになる。

専務の転籍

私は、屋敷に握られている七割の株式をどうやって取り戻すか、そのことで日夜、頭を悩ませていた。このままの状態が続けば「大株主の意向」という切り札で、どう攻めてこられるか不安で仕方がない。それに、屋敷たちの勾留がいつまで続くか、ひょっとしたら不起訴となり、すぐにでも戻ってくるかも知れないのだ。あの化け物の顔が、また私の脳裏に甦ってくる。

大幹部の二人がいないから、ヤシキコンサルの社内は統一が取れず、社員たちは勝手気ままに動いている様子だが、屋敷が帰ってきたら、これまでのように屋敷の号令一下、まるで軍隊のように一糸乱れずに屋敷のために働くはずだ。そうなったら私は手も足も出ないかも知れない。屋敷の恐ろしさは骨身に沁みている。

ふと私は米国にいる佐藤専務に相談してみよう、彼ならきっといい考えを出してくれるだろうと思いついた。机に向かい受話器を取り上げた。これまでは電話をすることを禁じられていた。しかし、屋敷たちが逮捕された今となっては、私たちは自由に連絡を取りあえるはずだ。私はそのつもりで受話器を取り、米国のサン・ビレジに電話を入れた。時差はあるが米国の業務時間のはずだ。私の思惑は当たり、佐藤の懐かしい声が私の耳に響いてきた。

佐藤のこれまでの苦労を、まずねぎらってから、

「こんな事態になったんだから、もう、アメリカにいることはないよ。田川さんも承知しているし、日本に戻ってきてほしい」

と言った。株式の七割が屋敷の手に落ち、その善後策を講じる必要があることは伏せておいた。私の電話が盗聴されていれば、どんな妨害を受けるかわからないからだ。

しかし、佐藤の返事は意外なものだった。

「そうですか。では、田川社長に聞いてみます。すみませんが、電話を切らせていただきます」

何とも素っ気ない。

翌日、私は佐藤に、田川に確かめたかどうかの返事をもらいたくて電話を入れた。すると佐藤は、

「田川社長に聞きましたが、衣笠社長からそんな話はなかったと言ってました」

と答えを返したまま、「それはおかしい、ちょっと待って」と、あわてる私の言葉が聞こえたのか聞こえなかったのか、佐藤はすぐに電話を切ってしまい、それからは何度こちらが掛けても電話口に出ようとはしなかった。恐らく佐藤は、私から電話があっても出てはいけないと、田川から指示されたのだろうと私は推察した。それで私は田川に電話を入れ、

「佐藤専務を日本に戻してほしいと、私が頼んだ時、貴方は構いません、いいですよと言いましたよね」

ヤシキコンサルの連中は、どこまで嘘を重ねるのかと、私は喉元まで出かかった言葉をぐっと抑えて、腹立たしい気持ちをぶつけた。しかし、田川はのらりくらりと「その件はあとで連絡しますから」の一点張りで、埒が明かない。

米国と東京では距離があり過ぎる、電話だけでことを済ませようとするのは無理がある。しかも盗聴を恐れるあまり、奥歯に物が挟まったような物言いでは、佐藤に私の真意は伝わらないだろうと、私は米国に出向く決意をした。これまで何度も、アメリカの佐藤を励ましに行きたいと願い出ながら、屋敷や今里から阻止されていたが、二人とも今は塀の中にいるのだから、遠慮することはない。とにかく、屋敷や今里たちに計られて、株式の七割を詐欺と脅迫により奪われた事実を、佐藤に知らせなければならない。ただ田川は、私が佐藤と連絡を取ったのを知っているから、警戒して私に対する監視を強めているだろう。すぐに米国行きを決行すると、どんな妨害にあうかも知れないので、二日後の米国行きの便を予約した。予約するのも電話では危険なので、葉子に近くの旅行代理店に行ってもらった。

しかし、二日後では遅すぎた。翌日、私は文字通り臍《ほぞ》をかむ場面に立ち会うことになる。翌日の午前九時、テレビ会議での全社会議で、米国の佐藤が全社員に向けて、

「私はヤシキコンサルに行きます。ヤシキコンサルと一緒に、サン・ビレジをより良くするために、一身を捧げるつもりです」

と宣言したのだ。

テレビ画面を見ながら、私はただ呆気にとられていた。後に佐藤から聞いたのだが、屋敷の妻エリーから電話が入り、

「私は会長の無罪を信じています。みなさんの、特に、佐藤専務のお力をいただいて、この危機を乗り越えさせてください」

などと、涙ながらに口説かれた。いわゆる泣き落とし戦術にかかり、その上、米国に渡ったヤシキコンサルの連中からも言葉巧みに誘導され、屋敷たちの逮捕でペンディングになっていたヤシキコンサルへの転籍が実行された。勿論、全社会議での佐藤の発言は、全てヤシキコンサル側が作文したものだった。

常務の辞任

サン・ビレジのもう一人の役員である、常務取締役の関本渉が、辞任した理由についても話しておく必要がある。関本は、佐藤と同じくサン・ビレジの創業からのメンバーで、派手さはないが何事も誠実に対応する信頼のおける人物だ。社員からの人望も厚い。サン・

ビレジの躍進を裏から支えた立役者である。

こんな大事件が起きる少し前、学校開放部門を担当していた関本から私に、「長崎にいる親が、介護が必要になったので、東京での仕事は難しくなりました」という主旨の相談があった。それで私は、

「介護をしながら、長崎で、できることだけをやってくれればいい」

と答え、関本もそれを承知してくれた。

しかし、関本が担当していた学校開放部門を統括するヤシキコンサルの派遣社員は、

「介護をしながらの仕事はありません。長崎に帰ることになるなら、月に十五万円しか払えません。これは衣笠社長の決定です」

と、役員報酬の大幅カットを提示した上に、

「衣笠社長は、上場準備で大変忙しいので直接に連絡してはだめです。もし、連絡することがあれば必ず私を通すように」

と言われ、常務であるにも関わらず、私への直接の連絡と本社への出社を禁じられ、街角に立ってのチラシ配布だけを、朝から晩まで二か月以上もさせられていたという。これはあきらかな嫌がらせで、自分はサン・ビレジには必要のない人間なのだと思い込んでしまったという。無論、役員報酬の減額や、チラシ配布など、私にはそんなことを一切知ら

せずに、ヤシキコンサルが勝手にやっていたのだが、それらが全て私の指示でなされたことになっていた。

また、今里が佐藤にしたように、関本に対しても、私に対する誹謗中傷や嘘の情報を刷り込み続けていた。そんなことをされれば、私に対する不信感が関本の中に募っていったのも当然だろう。また、親の介護のために長崎に帰らざるを得ない事情が生じたのも、関本を追いつめる口実になり、彼は辞任に追い込まれていった。

無論、これも後から関本に聞いてわかったことだ。

乗っ取り完了

四月三十日、ヤシキコンサルにより、サン・ビレジ社の臨時株主総会が招集された。議案は前もって派遣役員の園田から、ヤシキコンサルの村島の取締役選任だけだと聞かされていたので、そのつもりだったが、実際には村島の役員就任を可決した後、サン・ビレジの佐藤専務と関本常務の二人の役員退職功労金の議案が上程された。

「えっ、なにっ？　二人は辞めるのか！」

　驚いた私は思わず大声で園田に問いただした。園田は、

「はい、ここに辞任届があります」

　とすました顔で、私に二人の辞任届を示した。私が受けた衝撃は大きく、全身から血の気が引きくらくらと意識が遠のいていくようだった。

「佐藤、それに関本までも……」と、声にならない声で私は呻いていた。

　二人が取締役を辞任してしまうと、サン・ビレジの取締役は、私と園田と村島の三人だけになる。そうなれば二対一で、ヤシキコンサル側の人間が過半数を占めることになり、これで取締役会にて、私をいつでも解任できる体制が整うことになったわけだ。それで村島を取締役にと執拗に迫ってきた訳が分かった。しかし、今頃気づいてももう遅い。またしても彼らの仕掛けた罠に、私はまんまと引っかかってしまい、茫然自失となった。

　佐藤専務も関本常務も、彼らが自らの決意で役員辞任届を出したのではなく、ヤシキコンサル側が仕掛けた罠に、彼らも陥った結果だとすぐに私は気づいた。私自身が屋敷たちに手玉に取られ、いいように操られてきたのだからわかるのだ。信頼しきっていた二人から裏切られたわけではない。逆に、守るべき彼らを、守ってやれなかったのだ。私は心のうちで二人に深く頭を下げ、私の不甲斐なさを詫びた。

しかし、これでサン・ビレジは、ヤシキコンサルに七割の株式と取締役会の過半数を奪われてしまった。屋敷と今里が逮捕されたにも関わらず、乗っ取り工作は粛々と貫徹された。全ての指示は、獄中の屋敷が出していることは言うまでもない。

長崎の弁護士

臨時株主総会が終わったあと、私は脱け殻のようになった体を、引きずるようにして自宅に戻った。葉子はそんな私の姿を見て、余程のことがあったようだと悟ったらしい。

「お疲れさまでしたね」

と言っただけで、何も訊ねようとはしない。

私が座椅子にどっと腰を落とすと、葉子が熱い茶を入れてくれた。湯呑みを両手で包んで、一口、二口とゆっくりと口に含んでいくうちに、すさんだ心が温かく溶けさっていくようで、不覚にも涙をこぼしそうになった。

ふと、壁にかかったカレンダーに目がいった。アメリカのポトマック河畔の桜並木が、ピンク色の帯に染め上げられている写真だった。

「今年は、花見もできなかったね。すまなかった」

「お花見は桜だけではありませんよ。今からだと、藤、菖蒲、ツツジ、紫陽花も咲くし、どれもきれいですよ」

「そうだね、桜だけじゃないよね」

「雲仙のミヤマキリシマも、そろそろ見頃かもしれませんね」

「雲仙は、温泉もいいしな」

ひょっとしたら私とサン・ビレジは、このまま深い闇の中に迷い込んで、出て来られないのではないかという暗い予感に打ちひしがれていた。この際、思い切って温泉にでもつかって、気力の回復をはかってみてはどうかという意味で、葉子が雲仙を持ち出したものだと思っていたが、そうではなかった。

「以前、サン・ビレジでお世話になっていた、長崎の堀田さんという弁護士さんがいるでしょう。私は二、三度しかお会いしたことはないけど、とても誠実で感じのいい紳士という印象でしたよ。この際ですから、堀田さんに洗いざらい話して、これからどうしたらいいか相談してみたらどうですか。法律の専門家ですし、サン・ビレジやあなたのことをよくわかっておいでだから、きっといい知恵を貸して下さいますよ。雲仙はそれからでもいいでしょう。秋の紅葉もいいし、冬は霧氷も見事よ。お湯は年中溢れてるから急ぐことはないわ」

葉子の言葉を聞いて私は、はっとなった。そうだ、こうして一人で悶々としていても始まらない。頼みの佐藤も関本も失ってしまった以上、私は一人で闘うだけだ。

そのためには法律の専門家である弁護士に相談して、解決の道を計るのが急務だと思いついた。

株式移動は無効

東京のサン・ビレジ本社には、五人もの顧問弁護士がついている。彼らは全員、ヤシキコンサルの顧問弁護士だが、屋敷の指示でサン・ビレジの顧問弁護士も兼任している。顧問料だってばかにならないから、当初一人で十分だと断ろうとしたが、これから上場して、日本一、いや世界一の会社になろうとする企業の社長が、そんな小さな器量でどうすると叱られた経緯がある。私はそんなものかと、よくわからないまま屋敷に従ったが、その直後に長崎サン・ビレジとは、まだ契約が続いていた堀田弁護士との顧問契約を解除するようにと、今里から指示された。長崎で訴訟事件が発生しても、東京の弁護士が直ちに対応できるからという理由だった。確かに今里の言い分は筋が通っている。これまでの付き合いをあっさりと断つのも心残りだったが、仕方なく堀田弁護士との顧問契約を解除した。

それはそれとして、縁が切れないような付き合い方もあったと思うが、不義理をして申しわけないという気持ちが先立って、私のほうからお付き合いを止めてしまっていた。それがこんな立場に追い込まれたからといって、昔のよしみでなんとか相談にのってくれとは、虫がよすぎるのではないかと躊躇する気持ちも働いたが、

「駄目元でいいじゃありませんか。断られたら、また誰か別の信用できる弁護士さんを探せばいいんですよ。東京には多勢の弁護士がいます。きっといい方が見つかりますよ」

と、葉子が背中を押してくれる。私は名簿から堀田の電話番号を拾い出すと、思い切って連絡を入れた。

電話口の堀田は、私に対して少しのわだかまりも持っていない様子だった。

「衣笠社長、お久しぶりですね。お元気ですか」

と懐かしそうに言う。堀田弁護士は、私より十四、五歳、年長だ。これがきちんとした大人の対応なのだと、私は教えられる気がしたし、同時に、故郷、長崎の人情に久しぶりに触れたようで、胸が熱くなった。

私は日頃の無沙汰を詫びて、一つ相談があるのですがと、恐る恐る切り出してみた。

「どんな事でしょう、どうぞおっしゃってみて下さい」

私は苦境に立たされるに至った経緯を、洗いざらいぶちまけた。

黙って聞いていた堀田は、

「サン・ビレジさんにお世話になっていた間、一度も、裁判沙汰になるような事件は起こっていません。それは、衣笠社長の温厚な御性格、また、衣笠社長が誠心誠意、社員の幸福と子供たちの成長を考えながら経営に当たってこられたからです。その社長の純粋な人柄を利用して、会社乗っ取りを謀るなんて許せませんね。今、電話で聞いただけでも、私はヤシキコンサルに対して、心の底からの強い怒りを感じています。でも大丈夫です。詐欺による株式の移動は無効ですから、今でも衣笠社長が株式の九割を持つ大株主です。法的にもその犯罪者一派を、サン・ビレジから排除できますよ」

堀田弁護士のきっぱりと歯切れがいい言葉を聞き、私の心の闇が晴れていくのがわかった。

「それでは犯罪者集団を排除するために、助けていただけますか?」

「わかりました。お引き受けしましょう。ただ、今の社長の言葉には、書面か何か裏付けとなる証拠が要ります。これは、と思えるものを全て、ちょっとしたメモでも何でも結構ですから、コピーして全部、私のほうへ送って下さい。それから、東京で身近に社長の味方になってくれそうな弁護士はいませんか? 私だけでは、東京と長崎では距離がありすぎますから、密な連絡が取りづらい心配があります。行き違いが出て、そのために事がスムーズに運ばないでは、成果が期待できません。近くにいて、社長と一々相談できる弁護士が欲しいですね」

堀田は、東京に信用できる弁護士の心当たりがないなら、紹介してもいいと言ってくれたが、堀田の言葉を聞いているうちに、私の脳裏に、小柄で少し頭髪が薄くなりかけた、一見風采の上らない及川毅弁護士の姿が浮かんでいた。及川弁護士は、サン・ビレジが顧問契約をしている五人の弁護士の中の一人だが、日頃の彼の言動から、必ずしもヤシキコンサル側だけに忠実だという印象はない。あくまで中立の立場を貫こうとしている姿勢が見られたし、他の弁護士とは違い、屋敷に対してははっきりと意見をいう場面にも遭遇したことがある。ただ、今回の件で沈黙を守ったままなのが気にはなるが、それはやはり、ヤシキコンサルの顧問弁護士を兼任しているという立場上仕方がないだろうし、ひょっとしたら、ここまでヤシキコンサルが悪事を企てていたことには、気がついていないかも知れないのだ。

私は堀田弁護士に、及川弁護士のことを話してみた。

「そうですか、ヤシキコンサルとサン・ビレジの両方に関わりのある弁護士なら、内実に通じていて、いいかも知れませんね。ただ、本当に信頼できるかどうか、最初からはあまり手の内を見せずに、相談してみるといいでしょうね」

と助言してくれた。

好機到来

その日は堀田弁護士との電話や、彼に送るための資料作りなどで忙しく、出社しなかった。午後になってから、具合が悪いなどと適当な理由を付けて、欠勤するからと伝えようとすると、いつも必ず電話に出る秘書の五反田ではなく、代わりに音成敏司が出てきた。「五反田さんはどうしたの」と聞くと、「今日は休んでいるようです」

「珍しいね、彼女が休むなんて、病気か何か？」

と訊ねるが、音成は、

「さあ、僕は何も聞いてないから分かりません」

と言う。五反田が休んでいて、代わりに音成が電話に出たということに、私は天の配剤を見る思いがした。堀田弁護士と話を済ませたあと、今度の作戦を遂行するに当たって、私の手足となって働いてくれる信頼できる社員がいないものかと、あれこれ社員の顔を思い浮かべていたのだが、やはり、音成が一番いいと結論づけてはいた。彼は将来、サン・ビレジになくてはならない存在になると、私も佐藤専務も期待していた若手のホープだ。

長崎から東京本社に来た当初は、張り切って仕事に励んでいたが、それが今里あたりの目には疎ましく映ったらしい。サン・ビレジのために労を惜しまず、自分の意見をはっきり言う音成は、彼らにとっては目障りなのだ。次第に大した仕事も与えられず、本人としてはそれが面白くないらしくて、時折、私に不満をぶちまけたりしていたが、「上場までは我慢してくれ」と、収める以外、私にはどうしてやりようもなかった。

今里たちは、私と音成が親しくするのを嫌い、あからさまに、私と音成が接触する機会を作るのを妨害していた。音成だけでなく、他の社員の言動のチェックも徹底的に行われ、全社員の携帯も管理していた。今里たちが逮捕されてからも、そのやり口は派遣役員となった、園田や村島に受け継がれていた。以前、どうしてここまでやるのかと、今里に訊ねたことがある。

「社長が、特定の社員だけをかわいがるのは、他の社員の士気低下につながりますから、それを阻止するのも我々の仕事です。また、会社携帯は会社の管理下にあるのが当然です。会社からの支給品なのですから。ヤシキコンサルでは全社員の携帯を管理しています。当然ですが、サン・ビレジの社員全員の携帯も管理します。これは、社員の会社に対する忠誠心を確かめる方法の一つなんですよ」

あまりに今里が平然と言ってのけたので、私は唖然としたまま返す言葉も見つからなかった。その後すぐに、今里が言っていたように、サン・ビレジ本社の社員全員の携帯が、ヤシキコンサルの管理下に置かれてしまった。携帯の管理とは、出社時と退社時に、会社携帯をヤシキコンサルから派遣された総務部長に渡すのだ。当然、着信履歴やメール内容等がチェックされていただろう。

私は何とかして音成と接触し、彼に事の次第を全部打ち明けて、ヤシキコンサルから派遣された全員を追い出す作戦を練りたいものだと思っていた。そこへ突然、思いがけず電話口に彼が出たのだから、これが天の配剤でなくて何だろうか。そこでとっさに私は一計を企てた。

「五反田さんの風邪がうつったのかな、どうも私も風邪を引いたようで、頭痛がするし、熱も高いので二、三日休むから」と伝えたあと、

「実は、妻も風邪を引いていてね、私よりもひどいんだ。ところが、あいにく風邪薬を切らしてしまっていてね、二人とも外出できないので、悪いけど君、仕事帰りに薬局で風邪薬を買って来てくれないか」

と言い、私は適当な風邪薬の名を伝えた。

「病院に行ったほうがいいんじゃないですか?」

私の計画を知らない音成は、心配している様子だ。

「ああ、明日になっても熱が引かなければ行くが、今日は取りあえず薬で抑えておくから、すまないけど買ってきてくれ」

社内の電話は、全て盗聴されている可能性がある。私はできるだけさり気なさを装いながら、再度頼んだ。

「わかりました。帰りにご自宅にお寄りして届けます」

音成の若者らしい元気な声を聞きながら、彼らの未来のためにも、サン・ビレジをとりかえさなければと、闘志をふつふつと沸き上がらせた。

秘書の五反田は、私が会社を休んでいる間に、退職届を出して辞めてしまった。私の秘

書でありながら、何の相談も知らせもなかったのは不本意だったが、もともとヤシキコンサルから派遣されていて、私に対しての忠誠心など皆無だから、それでいいのだと、彼女が判断した結果だろう。彼女も完全に屋敷にマインドコントロールされていた一人だ。屋敷たちが逮捕された直後は、あくまで逮捕は間違いだとヒステリックに言い張っていた。

しかし、屋敷と今里が釈放されることなく起訴されると、次第にマインドコントロールが解けてきて、何かがおかしいと気づき、辞職の道を選んだのだろう。私の秘書になった当初は、笑顔を絶やさない明るい性格だったが、最近では全く笑わなくなり、目はうつろで、強いストレスからか皮膚は吹き出物でぼろぼろになり、過食のために異様に太ってきた姿が、私の目蓋に残っている。

このように屋敷らの逮捕後、鉄の団結を誇っていたヤシキコンサルに、少しずつひび割れができつつあった。

作戦開始

私は葉子に、音成の分の夕食も準備するように頼んだ。勤務時間は午後六時までだから、六時半にはくるだろうと予想していた通りの時間に、音成は現れた。玄関先で薬の袋を渡して、そのまま帰ろうとするのを、私が引き止めようとしていると、葉子まで元気な姿を見せて「夕食を食べていって」と言うものだから、目を白黒させて驚いている。

「実は風邪は口実で、君にいろいろと相談したいことがあってね。それで来てもらったんだよ」

と言うと、一瞬、怪訝そうな表情を見せたが、すぐに真面目な顔になり黙って頷いた。

「まずは、腹ごしらえをしてからだ」

と、私は音成を応接間に案内した。葉子が若者向きに、肉主体のボリュームたっぷりの料理を作ってくれている。

「うまそう」

音成は目を輝かせながらテーブルに着いた。葉子が音成の上着を脱がせてハンガーにかけながら言った。

「音成さんのために拵《こしら》えたのよ。遠慮なく食べて下さいね」

「まずは、乾杯だ」と、音成のグラスにビールを注いだ。それから音成が私のグラスを満たし、二人でコップをカチリと合わせた。それだけでもう二人とも何も言わないでも、わかりあえたような心地になっていた。

ある程度、食事が進んだところで、音成に自分が今置かれている立場や、こうなった経緯をかいつまんで話した。

音成は、私が明かした事実のほとんどを知らないようで、驚きの声を上げてばかりいる。

「しかし、なぜ社長はこんなことになるまで気づかなかったのですか」

そのこともまた、彼を驚かせたようだ。

私は素直に彼の前で頭を下げた。

「そのことについては、申しわけないと詫びるしかない。上場という人参を鼻の先にぶら下げられて、やみくもに、ただ突っ走ってしまった結果だよ。それと、屋敷や今里のことを信じすぎてしまった……」

「いや、社長、そんな風に言わないで下さい。僕らも、何かおかしいおかしいとは、うすうす気づいていたのですが……ヤシキコンサルの連中が、長崎から来ている僕らがお互いに話ができないように、いつも見張っていて、何でもない雑談程度のことを話していても、すぐに今何の話をしていたのかって聞いてくるので、面倒くさくなって、最近ではもう事務的な用件以外は、みんな誰とも口をきかなくなっていますからね。奴らは携帯の情報も、本社の全社員分入手することもしていますし。しかし、僕らがもっと早く、何とか手だてを考えるべきだったんですね。反省しています」

「いや、ありがとう、君にそう言ってもらって私は嬉しいし、百万の味方を得た思いだよ。そこで事ここに至ってしまったからには、サン・ビレジの社員が一致団結して、起死回生をはからなければならないんだ。君に一肌も二肌も脱いでもらいたくてね、それでここに来てもらったんだよ」

私は音成に、堀田弁護士が「ヤシキコンサルは犯罪者集団であり、法的にもその犯罪者一派を会社から排除できる」と言ってくれたことを告げて、

「ただ、具体的にどうやって彼らを排除するか、その方策を弁護士の先生に相談して、それから君と打合わせしたいんだが、サン・ビレジの社員の協力がないと事はうまく運ばないから、何人くらい協力してくれるか、当面、君にはその人集めをお願いしたいと思っている。ただ、事は秘密裏に運ばないと、もし、彼らに洩れるような事があれば、彼らのことだ、どんな汚い手を使ってでも妨害してくるだろうから、本当に信頼できる人選を頼み

たい」

「何人くらい必要ですか？」

「そうだな、ヤシキコンサルからの派遣社員は十五、六名だから、それと同じくらいは必要だと思うが、集まりそうか？」

「分かりました。本当に信頼できる社員を、そのくらいですね」

音成は答えたあと、暫く考え込んでいる。

「無理か？」

「いえ、大丈夫ですが、ただ、今里さんや園田さんたちは、衣笠社長は個人の借金を返すために、サン・ビレジの株を、ヤシキコンサルに売り払ったから、もう実際には、サン・ビレジはヤシキコンサルの子会社に過ぎない、衣笠社長は脱税で間もなく逮捕されるなどと、我々を呼んで、さんざんネガティブ情報を吹き込んでいました。だけど、逆に奴らが逮捕されたわけで、無論、私は信じたりはしませんが、中には不安がっている者もいますから、その辺の見極めが必要です。慎重にやりますから、少し時間がかかるかも知れません。でも大丈夫です。まかせて下さい」

翌日も私は休みを取り、ヤシキコンサル一派を、サン・ビレジから排除するための方策について、私なりの考えをまとめ、それを堀田弁護士の事務所に宛ててファックスした。それから及川弁護士に電話をかけ、私の現在の困窮した立場と堀田弁護士の見解を説明し、及川弁護士のご意見を聞きたい旨伝えると、少し時間をくれと言われた。

それから三時間ほどすると、ファックスが入ってきた。文面を読んで、私はほっと胸をなで下ろした。私が見込んだ通り、及川弁護士は、やはり弁護士としての正義を守る人であった。文面はほとんど堀田弁護士の見解と同じものだった。ただ、ヤシキコンサルとの関係もあり利益相反になるので、直接サン・ビレジのために仕事はできないからと、司法修習の同期で会社法の専門家である、大石明子弁護士を紹介してもらうことになった。それで、すぐに私は堀田弁護士に送ったのと同じ作戦計画に、ご意見をお聞かせ下さいと添え書きしたものを、大石弁護士にファックスで送った。

翌日には、及川弁護士はヤシキコンサルとの顧問契約を解除し、改めてサン・ビレジと単独の顧問契約を結んでくれた。五人いた兼任弁護士のうち、及川弁護士だけがサン・ビレジ側についたのだ。

その日の午後六時半頃、音成が姿を見せた。

「昨日も今日も私の家に来ては、まずいんじゃないか。ヤシキコンサルの誰かが、後をつけているかも知れないぞ」

私は冗談めかして言ったが、半分は本気だった。彼らなら尾行くらいはやってのけるからだ。すると、音成はすました顔で、

「いや、社長の病気見舞いに行ってきます。昨日は、風邪薬を頼まれて持って行ったら、結構ひどいようだったので、心配だからちょっと様子を見てきますと、園田さんに言ったら、何だか、にやりと嬉しそうな顔で、『株主総会が相当こたえたようだな、ゆっくり休むように伝えてくれ』ってことでした。それで堂々とお見舞いに来たわけです。今、連中は油断していますよ」

どうやら園田たちは、臨時株主総会で取締役の過半数を勝ち取ったために、私が床につくほど気落ちしていると思い込んでいるらしい。彼らが気を抜いている今のうちに、こちらは着々と敵を排除する作戦を練り、実行に移すべきだと、音成は言う。

「わかった、やろう。多分、弁護士の先生方のお墨付きも、一両日中にはもらえると思うから、それまで待ってくれ。それが来たらすぐに君に連絡する。そのお墨付きを見れば、みんな納得して協力してもらえると思う。我々は立ち上がる。もうすぐだ」

音成のぴんと張った大きな背中が、五月の夕闇の中に消えていく。「その時が来た」という実感で、全身がびりびりと痺れてくるようだ。

私はその場にいつまでも立ち尽くしていた。

お墨付き

翌日の午後、待ちに待っていた堀田弁護士からのファックスが入った。メールでの連絡は、万一を考えてひかえていた。その文面は次のようなものだった。

趣旨了解しました。その方向で進めれば良いと思いますが、念のため、私が考える戦略、方針は以下の通りです。屋敷、今里の一連の行為（株式移転）は、詐欺であり、単なる名義だけの預託（仮装行為）なので、

1、仮装行為（通謀虚偽表示）として、無効であり、詐欺で取り消す。
2、これにより、衣笠社長の株式はそもそも移転せず、現時点でも依然、衣笠社長は九〇％以上を有する特別支配株主である。
3、ヤシキコンサルとのコンサル契約（業務委託契約）を、株主名簿管理業務も含めて解除する（かかる委任契約は、何時でも解除自由、

可能である)。

4、これにより、ヤシキコンサル社が、管理保有しているサン・ビレジの株主名簿は紙切れとなる。

5、そして、サン・ビレジ独自に、衣笠社長九〇%保有の正しい株主名簿を作成する。

以上の通り株式の保全が、最優先事項であり最重要事項です。そして、先方から来た金員の精算及び当方から先方に対する損害賠償請求や、これに基づく相殺処理等は、刑事告訴も含めて後からゆっくり検討すれば良いです。疑問や不安が有ればいつでもご連絡下さい。

同じ日、大石弁護士からもファックスで、私が出していた作戦プログラムに対する返事が届いた。私が九割を持つ株主という前提で、

【臨時株主総会を開き、ヤシキコンサルからの派遣役員二名と監査役を解任※前日の夜に、株式無効の通知をコラン社に投函。同時に、新しい取締役と監

査役を選任。ヤシキコンサルからの派遣社員全員を、契約解除して排除する】

と記されていた。

私は二通の紙面を幾度も、それこそ穴が開くほど読み返した。紙そのものには重さはないが、両腕で支え切れないほどのずっしりとした重みを感じていた。

すぐに音成の個人携帯に電話をした。

「すまないが、風邪薬が無くなったので、また買ってきてはくれないだろうか」

「承知しました。退社してから伺います」

私たちは食事もそこそこに、二人の弁護士からもらった、二枚のファックスを前にして打合わせに入った。

音成は文面に見入ったまま、いつまでも顔を上げようとしない。

「どうした」と、私が声をかけると、

「いえ、驚いているんです。なぜ、あの人たちは、こんな悪事に手をそめたのでしょうか。明らかに法に触れることだってこと分かっていたはずでしょう。弁護士や公認会計士、税理士といった、我々にとっては仰ぎ見るほどの、滅多に取れないような素晴らしいライセンスを持っている人たちだから、分かっていたはずですよ。そこがどうしても理解できないんです」

「それはね、屋敷という一人の男のマインドコントロールに、みんなかかっていたんだよ。オウム真理教と同じだ。あれも、麻原という一人の狂人に、高学歴の秀才や、医者や弁護士が操られて、とんでもない事件を起こしてしまったじゃないか」

私はそう言いながら、私自身も屋敷の意のままに操られていて、すんでのところで大切なサン・ビレジと社員たちを失うところだったと、忸怩たる思いがこみ上げ口が重くなった。

「まず、決行日・Xデーを決めましょう。そして、その日までにやっておくこと、当日にやることを、一つ一つ上げて、それぞれの担当者と責任者を決めること、そんなところでしょうか」

音成は私の気持ちを察してか、私の気を引き立てるように元気な声で言った。

全ての準備が整う最短日ということで、五月二十八日を決行日に決めた。当日までに音成が人選した者たち、一人ひとりに個別に会って、あるいは絶対に盗聴されない個人の携帯電話での連絡で、決起の目的を伝えること、当日のプログラムと役割については、Xデーの前日に、集合場所で知らせることにする。万一、不測の事態が起こって、この計画が洩れることを恐れたためである。しかし、その心配はないだろうと私は思ったし、音成もそう言った。

「全員、信頼できる者ばかりです。安心してください」

音成の自信に満ちた表情に向って、私は大きく頷いた。

悪人襲来

サン・ビレジの取引銀行は、佐世保銀行の他にも五行ほどあったが、全銀行から今後の融資は継続できないという通告を受けた。理由はコラン社が株主なのと、逮捕者を出したヤシキコンサルから二名も役員を受け入れたからだ。私は全部の銀行の融資担当者と面談したり、電話で話したりしたが、どの銀行も今の状態では融資には応じられないという。これでは会社の経営は成り立たない。それどころか存続すら危うくなる。私の頭の中に「倒産」という文字が浮かんだ。私は困り果てたが、それ以上に園田たちは慌てた。私からサン・ビレジを盗み取ることに成功しても、ヤシキコンサルやコラン社の名前が残っているサン・ビレジでは、あらゆる銀行からそっぽを向かれることが分かったからだ。

五月二十五日だったと記憶する。

それまで私は、何とかして銀行の融資が受けられないかと、銀行詣でに明け暮れていたし、Xデーが近くになるにつれて、音成や彼が秘かに伴ってきた社員たちと、極秘裏に会う機会も増えてきた。やはり、会えるのは深夜が多かった。

その疲れが重なったのだろう。その日の夜から発熱し、関節が痛み始め喉も痛むし咳も出る。翌朝、起きようとするが、どうしても頭が上らない。体温計で計ると三十八度五分ほどの熱がある。このまま寝こむようなことになれば、三日後に迫ったXデーが台無しになる。そんなことになれば、音成や志を同じくして、その日に備えている社員たちに詫びようがない。Xデーまでには、気力十分の体になっていなければと思い静養することにした。

葉子に「来客があっても取り次がないように」と言ってうとうとしていると、葉子が濡れタオルを額に当ててくれた。ひんやりとして心地がいい。また、うとうととしていると、葉子が枕元に来て、ヤシキコンサルの田川と村島、園田の三人が来ていると言う。

「病気で休んでますからって、お断りしたのに、どうしても会いたいからって、玄関に居座って、お帰りにならないんですよ」

葉子は三人から異様な目つきで睨みつけられて怖いと、かなり動揺している様子だ。彼らがどんな用件で会いにきたのかわからない。あれこれと頭の中で想像してみるが、熱と咳に苛まれて昨夜はあまり眠っていないから頭が働かない。しかし、余程のことがあってのことだろう、そうでなければ玄関に居すわるようなことはしないだろうと思い、「仕方ない、上がってもらいなさい」と葉子に言った。

三人は寝室に入って来ると、私の顔を上から覗き込むようにして、立ったまま、

「お加減が悪いところ、すみませんね」

田川が神妙な顔で言い、村島も、

「緊急の用件なので」

と、ぼそっと呟くように言った。園田は無言である。

三人とも、私がパジャマ姿で臥せっており、額には濡れタオルを当てている姿を見て、かなり弱っていると見てとったのだろう、同情するような目を注いでいたが、それもほんの僅かの間で、さっと表情を改めた田川が、

「今、会社の危機です。今日中に押印していただきたい書類があります。押印してもらわないと、大変なことになります」

と言い、続けて村島も、

「サン・ビレジの社員を守るためです。押してもらわないと、社員を守れません。大株主もそのことを心配しておられます」

大株主の屋敷の意向に逆らえば、いつでも私を解任するぞという、脅し文句で攻めてきているのだ。しかし、たとえ七割の株式を屋敷が持っていても、詐欺で得たものだから無効だということを、私は知ったから、少しも恐ろしくはない。追い返してもいいのだが、それでも三人のうち二人は、百八十センチはあろうかという大男だ。彼らに頭の上からすごまれるとやはり恐怖感を覚える。追い詰められた彼らは、何をしでかすかわからないのだ。傍らでは、葉子が泣きだしそうな顔で震えているので、やむなく、「書類を見せてください」と言った。

田川が手渡した書類は二枚あり、一枚が、「サン・ビレジとヤシキコンサルは、今後一切関わりのないことを表明保証する」という内容で、もう一枚は、「ヤシキコンサルのサン・ビレジ宛債権を（株）顕現に譲渡する」という内容だった。

顕現社というのは田川が代表を務めている会社で、ヤシキコンサルとの資本関係はない。要するに二枚の書類は、サン・ビレジとヤシキコンサルの間には、何らの関係もないかのように偽装し、彼らはそれらを銀行に提示することで融資を受けようと画策しているのだ。彼らの顧問弁護士に相談してのことだと思うが、その行為は銀行に対する詐欺行為になり、私がそれに一役買うことになるので、絶対にその手には乗らないと即座に判断した。私は黙ったまま天井を見つめていた。

すると、村島が書類の押印する個所を指差して、

「衣笠社長、ここに会社の実印をお願いします。今、印鑑を押さないと、社長がどういうことになるかおわかりですよね」

私を解任するぞ、という脅しだ。

「今日はこの通り具合が悪いので、良くなったらちゃんと書類に目を通して、印鑑を押すから」

と、弱々しい声で言った。

「今日中でないと間に合いません。明日、銀行に出す書類なんですよ。これを出せば融資がおりる書類なんです」

と、田川は簡単には引き下がらない。

「わかった。だけど印鑑はここにはない。貸金庫にあるから」

私は病気で寝込む数日前に、万一に備えて実印は会社の金庫ではなく、銀行の貸金庫に預けていたのだ。

するとと田川は、

「ではタクシーを呼びますから、一緒に銀行に行きましょう」

と、食い下がってくる。

「いや、妻に乗せて行ってもらうから。必ず行くから」

私も負けてはいられない。これ以上、彼らの悪巧みを許してはならないからだ。

ようやくあきらめたのか、田川は「いつごろになりますか」と、聞いてきたので、「昼には行くから」と答えた。

「連絡はいただけますね」

「ああ、する……」

印鑑は貸金庫にあると私が言ったので、彼らはこの家にいても仕方がないと思ったようで、ようやく引き上げていった。

私は玄関へ向かう彼らが立てる、荒々しい足音を聞きながら、サン・ビレジをまんまと手に入れても、銀行に相手にされないというジレンマで、慌てふためいているヤシキコンサルの連中を、滑稽にも哀れにも思った。銀行が犯罪者集団を相手にするわけがないのだから。

とはいえ、このまま引き下がる連中ではないことは、百も承知している。葉子が私に、一時的に身を隠したほうがいいと勧めた。私は葉子一人を残していくのが不安で、「それはできない」と言ったが、葉子は、「私しかいないとわかれば、あの人たちもあきらめるでしょう。何かあれば警察に通報するので、大丈夫ですから、しばらくの間どこかに身を隠していて下さい」と言った。私も弱った体で、これ以上彼らに応戦する自信がない。

三人がまだ近くにいないのを、葉子が確認した後、裏口にタクシーを呼び病院に行った。点滴を打ちながら一寝入りして、夜九時頃予約していたホテルに着いた。葉子に電話して訊くと、私が身を隠している間に二度、三人でやってきて、執拗に私に会わせるようにと迫ったそうだ。

葉子も今朝の体験で腹が据わったようで、「主人は体調が悪化して入院しています。病院は教えられません。あまりしつこいと、警察に通報しますよ」と言い放ち、彼らと渡り合ったらしい。

その日からXデー前日までの二日間、私は横浜のホテルで静かに過ごした。そのおかげで体調はすっかり元に戻っていた。

Xデー前夜

Xデーの前日の午後九時、サン・ビレジの社員や元社員から、信頼できる構成メンバー十五名が秘かに東京に集結し、新橋の小料理店を借り切って決起集会を開いた。

音成が八時半には会場に来てくれと言うので、その時間に行くと小部屋に連れて行かれ、私をその部屋に押し込むと、さっと扉を閉じてそのまま立ち去って行った。その部屋には、佐藤元専務と関本元常務がいた。二人の姿を見たとたん、私は不覚にも涙をこぼしていた。三人は何も言わずに抱き合って感涙に咽んだ。

二人がこの場にいる経緯についてだが、堀田弁護士の功績が大きい。

Xデーを成功させるためには、何としても佐藤と関本の二人の力が必要だった。臨時の取締役会でヤシキコンサル一派を排除する議案の採決に、私と、それから二人の議決権が必要なのだ。二人の意志に反して無理やり書かされた辞表は無効、よって、今でも二人は、議決権を法的には有していると判断されたのだ。それで堀田弁護士に、何とかして二人を説き伏せて、Xデーに参加してもらえるようにと頼み込んだ。堀田弁護士は「難しい役割ですね」と言いながらも、「何とかやってみましょう」と引き受けてくれた。

堀田弁護士は、そもそもサン・ビレジの初期のころからの顧問弁護士であったから、佐藤も関本も旧知の間柄だ。堀田弁護士が、言葉を尽くして二人に事情を説明したので、ようやく彼らも、屋敷たちヤシキコンサルに騙されていることに気づき、Xデーへの参加を承諾してくれたのだった。

堀田からこの嬉しい報告を受けた私は、一日も早く佐藤たちに会いたかったが、二人ともヤシキコンサルの監視下にあるので、当日までは絶対に会ってはいけないと、堀田弁護士から忠告されていた。だから、ぐっと堪えてこの夜まで待っていたのだ。

尽きない話に夢中になっていると、音成がやって来て「そろそろです」と言う。それで二人の案内は音成にまかせて、私は会場となる個室の入り口に立って、入ってくるメンバーの一人一人と握手を交わし、用意してきたXデー当日のスケジュールと、役割分担を記した文書を一部ずつ手渡した。

長崎から上京して来た社員、また、ヤシキコンサルに追い込まれて辞めていた元社員もいる。彼らは私を見ると、

「社長、お元気でしたか、お久し振りです」

と、懐かしそうに私を見る。中には顔をくしゃくしゃにさせて抱きついて来る者もいる。東京勤務の社員とも、久しく会っていない気がする。今里は、私が社長室を出て事務室に行くことを禁じていた。用件がある時は、社員のほうから社長室に出向くように、それも必ず秘書の五反田を通してという不文律ができていた。その煩わしさに辟易して、私も社員たちも次第に行き来しなくなり疎遠になっていった。「お久し振りです」と言われても、

それは皮肉ではないということがわかる。確かにその通りだということを実感して、あらためて「いろいろとすまなかったね」と詫びるしかない。

私は一人一人の手を両手でしっかりと握り、「よろしく、頼むよ」と心を込めて言った。

宴会を始める前に、私が手渡した書類に目を通してもらった。おおよそのことは音成から説明されて認識していた彼らも、きちんと整理された文章になったものを読んでいくうちに、全員、怒りを込めた表情になっていく。最後の一人が読み終わった時点で、彼らは一斉に私に目を向けて立ち上がった。

「社長、やりましょう。元のサン・ビレジを取り戻しましょう！」

「サン・ビレジから、犯罪者どもを追放しましょう！」

「あいつらを追放して、辞めさせられた仲間たちを呼び戻しましょう！」

「ありがとう、みんな、ありがとう」

私はそれだけ言うのが精一杯だった。にじみ出てくる涙で会場がぼやけて見える。何度も何度も手の甲で涙をぬぐった。

この日、深夜から翌日の未明にかけて、コラン社の代表者であるエリーの自宅と、ヤシキコンサルの事務所の郵便受けそれぞれに、私がコラン社に対して行った、サン・ビレジの株式五千八百五十二株の譲渡の効力を否定する通知書が投函された。私はその実行を大石弁護士に依頼していた。

その夜、解散後も私と佐藤、関本の三人は遅くまで飲んだ。久々にお酒が美味しく感じられた。三人とも泣きながら酒をあおった。音成は酒も飲まずに私たちに付き合い、ホテルに佐藤と関本を送り届けてくれた。

いざ決行

五月二十八日、いよいよXデー当日を迎えた。

早朝五時、昨夜の決起集会に参加した十五名が本社前に集合した。この中で唯一ヤシキコンサルビルのカードキーを持っていた社員が、ビルの裏口の扉を開け一斉にサン・ビレジ本社に入った。直後に大石弁護士も駆けつけてくれた。それから直ちに臨時株主総会と取締役会を開催し、ヤシキコンサルからの派遣役員の園田と村島、監査役の三名を解任、佐藤と関本をあらためて役員に選出した。

八時を過ぎる頃になると、ヤシキコンサルから派遣されている社員たちが、ぼつぼつと顔を見せ始めた。サン・ビレジの社員で、Xデーに参加を呼びかけていない者には、「二十八日は臨時休日になったので、出社の必要がない」旨を、昨日の夜に連絡していたので出社してくる心配はない。

ヤシキコンサルからの社員を、出社してくる順に、一人ずつ大石弁護士が待つ会議室に呼び入れ、契約解除を通知し、パソコンや携帯電話、名刺などの会社支給のものを回収、私物を整理させて、サン・ビレジ社から追い出した。抵抗しようにも一人を、三、四名の者が取り囲んで、有無を言わせずに事を運ぶから、わけが分からないまま、きょとんとした顔で追い出されていく。

我々は決められたスケジュールを粛々と進め、全てが終わったのは正午前だった。

村島と園田はさすがに筋金入りで、「これは違法行為だ！」「衣笠ふざけるなよ！　俺たちをなめるなよ！」などと、本性をむき出しに喚き散らし、徹底的に抵抗した。そして、会社から支給しているパソコンと携帯電話の返却をあくまで拒み通した。「これは私物だ」と、二人はパソコンを抱えながら阻止する社員たちを振り切って、走って会社を出ていってしまった。サン・ビレジの社員数名が追いかけたが、二名はタクシーに飛び乗り、捕まえることができなかった。後に弁護士から返却されたが、彼らの携帯やパソコンは、情報が復旧できないように完璧にクリーニングされていた。よほど見られては都合が悪い情報が入っていたのだろう。

午後一時には、ヤシキコンサルとサン・ビレジの顧問弁護士を兼任していた五人の弁護士のうち、及川弁護士を除く四人から、サン・ビレジの顧問弁護士を辞任する書類がＦＡＸで届けられた。四人は弁護士でありながら、犯罪者集団の仲間、共犯関係にあることを自ら証明したのである。

午後二時頃、辞表を提出した弁護士四人の中の一人で、最も若い陣川卓也弁護士が、血相を変えてサン・ビレジ本社にやってきた。村島や園田たちから依頼されてのことだろう。

「取締役会の議事録を出せ！　株主名簿を出せ！」

と、大声で怒鳴りながら迫ってくる。常軌を逸した振る舞いで、とても弁護士とは思えない。

私が「警察を呼ぶぞ！」と言うと、ひるむどころか、

「警察？　おー上等だ。呼べ、呼べー。早く呼べよ！」

と、さらにいきり立って怒鳴り続けた。弁護士として、いや、人としての品位など微塵

も感じられない、浅ましいの一言しかない。

しかし、陣川弁護士も屋敷のマインドコントロールを受けているのだろう。だから、人からどう見られようとも、屋敷のためだけに働いている、お父さんを救うために頑張っている、その思いだけでそれ以外のことは、全く眼中にないのだろう。

弁護士事務所に戻っていた大石弁護士に、電話をして相談すると、「欲しがるものを渡してやりなさい」という返事なので、陣川弁護士の望み通りの書類を、コピーして渡し、引き取ってもらった。

別に違法でもなんでもない議事録と株主名簿だから、渡しても全く問題はないのだが、もらったほうが、どういう使い道を考えるのか、また、姑息なやり方で悪事に利用しようとするのか、そう考えると憂鬱な気分になるのだった。

しかし、ここまで来たのだ。登山に例えれば八合目までは来た。頂上まではあとわずかだ。寄り道はせずに、まっすぐに頂上を目指すだけだと、私は固い決意を一層ふるい立たせた。

陣川弁護士の騒ぎが納まったのを見極めてから、私は三つの決定事項を全社員に一斉メールした。
1、ヤシキコンサルとの全契約について、五月二十八日をもって解除。

2、臨時取締役会を開催し、佐藤と関本を元に戻した役員人事を決定。同時に、ヤシキコンサルから派遣された村島ら取締役二名と監査役の解任。

3、翌朝九時から、臨時全社員会議を開催。

すると、近所の仕出屋に頼んでいた折り詰め弁当が届き、朝から冷蔵庫で冷やしていたビールで乾杯をした。乾杯の音頭を佐藤がとった。みんなの心は、もう以前のサン・ビレジが帰ってきたような気分で満たされていた。

翌日の朝九時から、サン・ビレジ臨時全社員テレビ会議を開催した。会議の冒頭で、「犯罪者集団であるヤシキコンサルを、サン・ビレジに引き込んでしまい、社員のみなさんに迷惑を掛けたことは、全て私の責任です。本当に申し訳ありませんでした」と、私は全社員に向けて深々と頭を下げ、心からの謝罪をした。

会議では社訓を創業時の「音楽で子供たちに感動を与え、子供たちの未来を創造します」に、戻すことも決議した。この社訓もヤシキコンサルと契約を結んで以来、「時流に合わない内容である上に、そもそも、社訓そのものが過去のもの」という、屋敷の鶴の一声でお蔵入りになっていた。

その社訓を、会議の終わりに昔のように全社員が声を揃えて唱和した。唱和しながら感極まって泣きだす社員が多数いたとあとから知らされた。私自身の胸のうちにも熱いものが込み上げてきた。

会社に入り込んでいた犯罪者集団の全員を追放し、ようやく元のサン・ビレジに戻すことができたのだ。

すぐに、ヤシキコンサルに解任されていた元内部監査役の社員を長崎から本社に呼んで、内部監査をするように命じ、私自身も大石弁護士や佐藤たちの協力を得て調査を進めていった。

その結果、ゴールデンウィーク中の五月一日に、サン・ビレジから一億五千万円が、ヤシキコンサルとそのグループ企業に、さらに、五月七日にはヤシキコンサルに対して、四千三百二十万円、合計一億九千三百二十万円もの大金が送金されていることが判明した。約二億円もの大金が、サン・ビレジの休暇中に不正に送金されていたのだ。しかもその二億円の送金の根拠となる契約書には、会社の実印がしっかりと押されていた。

また、株式上場のための準備など、何一つされていないこともわかった。証券会社や監査法人との契約も一切進んでいなかった。月次決算や期末の決算はすべて、仙台の沼田会計事務所に丸投げされており、自社決算など全くできていない。沼田会計事務所に対する顧問料が、年間に五千万円近くも支払われていた。法外の顧問料である。私名義の個人口座についても園田が管理しており、私には通帳が渡されていなかったので、どういうお金の動きになっているのかさっぱり分からなかったが、ヤシキコンサルとグループ企業の間で、お金がぐるぐると複雑な動きで回されており、私の口座を悪用されて相当額のお金が抜かれていたことがわかった。

また、社長室の金庫は私に無断で開けられていて、会社の実印を持ち出したりもしていたことがわかった。契約書類に私の筆跡ではない、私の署名があり、会社の実印が押されている契約書も多数見つかった。そんな中には、昔からの取引先との契約を次々に打ち切り、ヤシキコンサルの関連会社への変更がなされていたものもあった。ヤシキコンサルとの契約期間中に、総額で約六億円が不正に流出していたことがわかった。

それに今里や園田たちの、サン・ビレジ生え抜きの社員に対するパワハラのひどさにも驚かされた。彼らはヤシキコンサルの経営方針に少しでも異を唱える社員を、徹底的に弾圧し辞めさせ、屋敷の方針に絶対服従の組織を作り上げていたこともわかった。誰に狙いを定めるかは、盗聴によって判断していた。会社のすべての電話と、社長室・役員室・会議室・休憩室には、やはり盗聴器が仕掛けられていた。屋敷とヤシキコンサルの連中がサン・ビレジを舞台に行った、あまりに傍若無人な悪行の数々が暴かれていく度に、私の背筋は震え腸《はらわた》が煮えくりかえった。

我らに利あらず

Xデーの臨時役員会で、ヤシキコンサルからの派遣役員を解任し、派遣社員の全員を追い出したので、これで所期の目的は達したと安心していたが、敵もさるもの、解任された村島、園田、監査役の三名の地位保全を求める仮処分命令を求めて、東京地裁に申立をしてきた。

結果的には、サン・ビレジ側の敗北であった。仮処分では証人尋問などすることなく、各種書類があるかないかだけで決定が下される。ヤシキコンサルの提出してきた書類には、サン・ビレジの実印がしっかりと押されていたのだ。勿論私が押したものではないのはいうまでもないが、それを証明する術がない。詐欺の証拠となる覚書も提出できない。

仮処分を不服として正式に提訴したが、判決は一年先か二年先のことになる。それまではこの仮処分の結果が生き続けるわけで、圧倒的に不利な状況に置かれることになった。

仮処分で勝利したヤシキコンサルの連中は、サン・ビレジ本社を占拠するために、判決の翌日、早朝にヤシキコンサルの残党と顧問弁護団全員の合計二十名ほどが乗り込んでくるという。我々がやった、Xデーの逆をやろうという計画だ。連中は鍵を開けるため鍵屋まで手配していた。

ところが、私はここでも天の配剤を見ることになった。ヤシキコンサルの社員の中に、この計画を匿名のメールで知らせてくれた社員がいたのだ。屋敷らの逮捕、起訴を受け、洗脳が解けた一人であろう。

それを受けサン・ビレジの社員数名が、前日から本社に泊まり込み事務室をロックアウトして、ヤシキコンサルの社員が中に入るのを実力で阻止することに成功した。

ヤシキコンサルの残党と顧問弁護士四名が、早朝、サン・ビレジ本社に押しかけ、「こちらの勝訴だ！　入る権利がある」「入れろ！」「開けろ！」の怒号が飛び交う、戦場のような喧噪となり、ビルに入居する別の会社の方が通報したようで、警察まで出動してくる有様だったが、結局、民事不介入の原則通りなのか「双方で話し合うように」と言い残し、警察は帰っていった。

私は大石弁護士の指示により、この騒ぎには加わらず、会社の近くに停めた車の中に暫くいて、それから本社に行ったのだが、まだ双方が揉めていて、本社入口前の廊下は騒然としていた。ヤシキコンサルの女性社員たち数名が薄ら笑いをしながら、その光景をビデオ撮影しているのが無気味だった。全員、口元は笑っているが表情というものがない。『洗脳面』とでもいうのだろうか、彼女たちの側を通り抜ける時、そこにはぞっとするような冷たい空気が淀んでいるような気がした。

屋敷は拘置所内から、ヤシキコンサルの女性社員に対して、「〇〇ちゃんへ、お父さんは檻の中で戦っているよ。必ず冤罪であることを証明してみせるよ。だから心配はいらないよ。みんなで協力してエリー専務を助けてあげてね」という、手書きのメッセージを渡していたり、村島に対しては「衣笠、佐藤、関本を徹底して監視しろ。衣笠には私が大株主であることを強調し、解任を匂わせ、脅し、交渉力を高めろ」。田川には「金はいくら使ってもかまわんので、最強の弁護士団を構成しろ」などというメッセージを送っていたことが、追放後の調査で発覚していた。

屋敷は獄中からも共犯の弁護士を通して、ヤシキコンサルの社員に対する洗脳や命令を続けていたのだ。

その日、双方の弁護士が一日かけて話し合い、「村島と園田、監査役の三人は、仮処分とはいえ役員の地位が認められたのだから、サン・ビレジ本社には入室でき、要求する書類を閲覧することができる。ただし、条件として会議室のみの入室とする」という取り決めを、文書で交わした。

次の日から村島と園田が、サン・ビレジ本社の会議室に出勤して来るという、異常な事態が続くことになった。サン・ビレジの社員は、交代で二人が金庫のある事務所に入らないように、ドアの前で見張りを行った。

この異常事態に何とか終止符を打たないと、以前のサン・ビレジは取り戻せない。以前のサン・ビレジを取り戻すのが、私の社員に対する本当の謝罪に他ならないと決意を固めた私は、教育錬成社事件の主任弁護人、相良仙一弁護士のもとを訪ねた。

告訴状と三百十四通の辞表

相良弁護士は元検事で、政界汚職事件なども手掛ける実力者だ。教育錬成社が屋敷たちの犯罪を告発した事件の主任弁護人でもあった。私がこの事件の参考人として検察に呼ばれた時に、相良弁護士から屋敷やヤシキコンサルについて、知っていることを聞かせて欲しいと言われて会ったことがある。その折り、何か困ったことがあれば、いつでも相談に乗ると言われていたし、また、誰よりも屋敷たちの悪事と、そのやり方を知っている人物だ。相良弁護士なら、きっといい知恵を借りることができるだろうと考えた。

相良弁護士は、

「屋敷とヤシキコンサルの連中は本物の悪党。日本には珍しい法律や会計知識を用いた組織的犯罪者集団で、しかも、洗脳手法まで取り入れている。徹底的にやって根絶やしにしないと、また、犯罪を繰り返し、次の被害者が出ることになる」

と言って、全面的に私への支援を約束してくれた。

私はそれから、相良弁護士の事務所に日参し、彼の綿密な指導を受けながら、ヤシキコンサルの犯罪に対する告訴状を作り上げた。同時に、佐藤や関本、妻の葉子など関係者の陳述書も仕上げ、いつでも検察に提出できる態勢を整えた。これを提出すれば、ヤシキコンサルの残党の数名が新たに逮捕され、既に逮捕されている屋敷と今里は、再逮捕されることは確実となった。

村島や園田が、サン・ビレジ本社に毎日出勤してくるのは、会社の口座に、音楽イベントの売上金約三億円が入っているのを知っていて、それを狙っているのは明らかだった。

そのことを相良弁護士に話すと、彼は憤然として、

「そういう状態なら、この告訴状を使って奴らと正面から交渉するといい。会社を乗っ取

られた上に、金まで抜かれたらたまったものではない。徹底的に懲らしめてやるがいい」と、私の背をぽんと叩いて力づけてくれた。

仮処分に力を得た村島たちが、次にやったことは「衣笠社長解任」と題するメールを、サン・ビレジの全社員に送りつけたことだ。メールには、私を解任してヤシキコンサルの村島が、サン・ビレジの社長になると記されていた。ところが、このメールが彼らの命取りになるとは、欲に目がくらんだ彼らには予想もできなかったのだろう。

「もし、衣笠社長が解任されるようなことになれば、私も辞職します」という内容の辞表が、全社員三百十四名からサン・ビレジ本社のファックスに、次々に送られてきたのだ。

その一枚一枚に目を通しながら、私の目は涙で濡れ、読み続けるために幾度も幾度も涙をぬぐわなければならなかった。

ここに、その中のごくごく一部を書き留めておくことにする。

「私はこのサン・ビレジの理念に共感し、入社しました。代表取締役である衣笠社長を尊敬しておりますし、解任されるような事があれば、この会社で働くことはできません。私はヤシキコンサル社ではなく、衣笠社長についていきます」

「私はサン・ビレジで働く上で、衣笠社長が今まで作り上げてきた、このサン・ビレジに魅かれ入社を決めました。子供たちに音楽で感動を与え成長に導く理念に深く共感しており、これからも衣笠社長のもと、このサン・ビレジで成長していきたいと思っています。一人でも多くの子供たちに感動を与えるため、私は衣笠社長についていきます」

「私は学生の頃、就職活動中にサン・ビレジを見つけ、会社説明会で衣笠社長の話を聞いて、素晴らしい会社だと思い、『この社長の下で働きたい』と思い、サン・ビレジで働くと決めました。入社してからも、妊娠・出産を経ても働けるように、多くの方に協力していただき、また今、サン・ビレジの社員として働くことができています。私は上も下もなく、お互いが意見を言いあい、切磋琢磨しながら、自分も成長していけるサン・ビレジが大好きです。

だからこそ、大変な仕事も楽しみながら活動できていたと思います。もう大切な仲間や大好きな上長が辞めていったり、遠くに行くのは見たくありません。今までどおり、サン・ビレジ愛にあふれた衣笠社長の下で働きたいので、ヤシキコンサルの方たちが関わる事は望みません」

「入社してから十数年、家族や友人に仕事の話をするのが大好きでした。ヤシキコンサルのコンサルティングが始まり、自身がヤシキコンサルに出向することになり、日に日にサン・ビレジへの誇りや愛情が薄れていくのを感じました。家族に自慢できる仕事が、いつしか家族から退社を勧められる仕事になってしまったことは、私にとって苦痛であり、絶望でした。愛する仲間たちが一人、また一人と減っていく中、自分がサン・ビレジへ戻り、社員を大切にする会社に戻すのが、出向中の唯一の望みでした。まだ傷は癒えていません。ヤシキコンサルに与えられた傷みや奪われた自尊心は、二度と戻らないものも多くあるでしょう。それでもヤシキコンサルのいないサン・ビレジなら、再び歩み、発展できることを私は確信しています」

「私はヤシキコンサルの人たちに、激しいパワハラを受けて辞めていった社員たちが、かわいそうでなりません。ヤシキコンサルを完全に追放して元のサン・ビレジに戻れば、必ず全員戻ってきます。逆に、ヤシキコンサルの村島が社長になり、衣笠社長が解任されれば、今いる社員は間違いなく全員退職するでしょう」

一晩中かかって私は、ようやく三百十四枚のファックスの文面を読み終えた。目は真っ赤になっていた。私の傍らでは、佐藤と関本も時折、目のあたりをぬぐいながら読んでいた。

翌朝帰宅した私は、赤くなった目に冷たくしたタオルをあてて冷やし、少しの間仮眠をとると、外出用のスーツに身を包み、告訴状を鞄に入れ、三百十四枚のファックス紙を包装紙でくるみ、さらに風呂敷で包むと、それを抱えてサン・ビレジの会議室に出向いた。

そこには、相変わらず村島と園田が居すわっている。

私がノックをして中に入ると、二人はいつものように挨拶もせず私を睨みつけた。

私は二人の前に「告訴状」と記した書面を置き、

「この告訴状には、屋敷とあなた方ヤシキコンサルが、サン・ビレジに対して行った悪事の全てが記載されています。この告訴状を検察に提出したら、獄中にいる屋敷の刑期は少なくともあと三年は延びるでしょうから、十年は刑務所暮らしを強いられることになるでしょう。また、あなた方の逮捕も有り得るでしょう。五月二十五日、私が病気で寝ているところをあなた方に襲われて、印鑑を押せと脅迫されました。妻は命の危険を感じたと言っています。私も身を隠していたほどです。この脅迫行為の被害届を妻が警察に届ければ、すぐに事件化されます」

私が喋っているうちに、二人の顔色がみるみる恐怖で青ざめていくのがわかった。屋敷の刑期延長や、自分たちが逮捕されるかも知れないなどということは、彼らの頭の中には全くなかったらしく、その可能性をつきつけられて茫然自失している。

私はさらに続けた。

「村島さん、あなた、本当にサン・ビレジの社長をやるつもりですか。あなたが社長になったら会社を辞めると、三百十四名の社員全員が辞表を書いています。ここに三百十四通の辞表を持ってきています。社員たちのサン・ビレジに対する思いのありったけが述べられています。どうぞ読んでみて下さい」

二人は黙りこくって辞表の束を凝視している。返す言葉が見つからないのだ。

「もし、あなたが社長になるような事態になれば、私は社員たちに『全員、サン・ビレジを辞めて、自営業者になって、今まで通り音楽教室をやって下さい。月謝の銀行引き落としを止めて、直接現金で支払うようにお客様に頼んで下さい。月謝なんて直接お客様から頂戴すればいいのです。本社なんてなくても教室は継続して運営できます。何故なら、お客様はサン・ビレジという会社についているのではなく、指導するみなさんについているからです』と言います。社員が一人もいなくなって、一円も入ってこないサン・ビレジの社長を、村島さん、あなたは本当にやるのですか？」

二人は不思議なくらい神妙に聞いていた。二人の目の前には、検察に提出する分厚い告訴状と、三百十四枚の辞表の束が置かれている。混乱する頭の中で何を考えていたのだろうか。沈黙が続いた。やがて村島が、干からびたような声で、

「今の話、持ち帰って検討します」

と言うと、弱々しく立ち上がった。

園田のほうは何も言わず会議室から出て行ったが、目は焦点が定まらず完全に泳いでいた。二人とも血の気が引いた真っ白な顔をしていた。勾留されている屋敷の指示がない限り、返答のしようがないのだろう、洗脳され、自分というものを持たない彼らのみじめさが、その後ろ姿に表われていた。

会社を取り戻す

翌朝、村島から連絡が入り、ヤシキコンサルの会議室に呼び出された。

私は一人で告訴状が入っている鞄を持って行くと、そこには屋敷の妻エリー、田川、村島、園田、岸本弁護士の五人が待ちかまえていた。昨日の私の言い分を、村島と園田から聞いた岸本弁護士が、獄中の屋敷と面談した。その結果を私に伝えるつもりのようだ。

一対五。一瞬、気後れしそうになったが、この告訴状と辞表の束がある限り、絶対に負けないという自信があった。ぐっと気持ちを引き締めて、彼らの前にことさらゆっくり座ってみせた。

ところが、驚いたことに五人の表情は穏やかで、ぎこちないながらも笑顔さえ浮かべている。これまでは鬼の形相をして、威圧的な振る舞いばかりしていた連中だ。それに慣れていた私は面食らってしまった。

岸本弁護士が「どうぞお楽に」と言う。こんな友好的な言葉を彼の口から聞くのも初めてで、私は楽にするどころか居心地の悪さを感じたほどだ。

岸本弁護士は、私に一枚の紙を渡した。

「ヤシキコンサルからの提案です。いかがでしょう。これで何とか和解をお願いしたいのですが」

私は紙面に目を走らせた。
1、コラン社の所持するサン・ビレジの株は、全て衣笠社長に返却する。
2、サン・ビレジからヤシキコンサル及びその関連会社に送金された金員は、全額返金する。
3、係争中の訴訟は両者とも全て取り下げ、今後、新たな訴訟は起こさない。
と書かれていた。

サン・ビレジにとっては完全勝利の内容だ。これまで頑として返却に応じなかった株式を返却するというのが1項で、2項は、サン・ビレジから不正に送金された約六億円が、全額返金されるということだ。この二つのために、我々は戦ってきたといっても過言ではない。顔が思わずほころびそうになる。それをぐっと抑え、

「和解の申し出、ありがとうございます。ただ、即答はできません。当方の弁護士と相談の上、返事を致します」

と、冷静を装いながら言った。

彼らのことだ、いつ前言をひっくり返してくるかわからない、長居は無用だ。私は席を立った。立ち去ろうとするところを、村島が引き止めた。

「衣笠社長、本当に告訴状は出していませんか？　この前、うちに警官が来たのですが、ひょっとしたら……」

「村島さん、告訴状は私の手元にあります。安心してください」

といい、告訴状の入った鞄を指差した。

引きつっていた村島の顔が、ほっとゆるんだ。

会議室を出て行きながら、私は村島のことを、気の小さい哀れな奴だと改めて思った。たまたま、今回の紛争とは関わりのない事件が、彼の家の近くで起こり、そのために警官が聞き込みに来たのだろう。脛に傷持つ身だから疑心暗鬼に陥って、何でもないことまで疑ってしまったのだ。

意気揚々と引き上げて行く私の背中を、彼らはどんな思いで見ていたのだろうか。


マインドコントロールの手法を用いた、稀代の詐欺師、屋敷計と出会ったばかりに、優秀な大学を出た公認会計士や弁護士、税理士でありながら犯罪者集団に取り込まれ、悪の道を歩まされている連中である。彼らは一蓮托生の関係にあり、抜けるに抜けられずにいる。彼らには安寧の日は永遠に来ないであろう。

私は、彼ら一人一人が浮かべている表情と、彼らの今後の人生を想像しながら、ゆっくりと歩いていた。

その後、双方の弁護士で折衝が行われ、私が提示を受けた内容で和解が成立、和解書が作成された。公認会計士や税理士、弁護士を擁する組織的犯罪者集団との三年にも及ぶ一連の戦いに、ようやく終止符がうたれたのである。


収奪された株と現金は、すべて戻ってきた。

追い出された社員、役員も、全員戻ってきた。

我々、サン・ビレジ側の完全なる勝利だ。

梅雨が明けて、七月の太陽が燦々と輝き始めた頃だった。

＊＊

それから四か月後、教育錬成社から現金七・二億円を詐取したとして、詐欺の罪に問われていたヤシキコンサルの代表取締役会長、屋敷計被告ら二被告に対する判決が東京地裁であった。

三下孝雄裁判長は、屋敷計被告に懲役六年九か月（求刑懲役七年）、公認会計士、今里良介被告に懲役四年十一か月（求刑懲役五年）の実刑判決を言い渡した。

その公判においてヤシキコンサルは、代表者に対するマインドコントロール、国税局を利用した脅迫、詐欺による株式の収奪、契約書の偽造による金員の収奪、二人代表制の強要等、サン・ビレジでの犯罪行為と同様のことを、教育錬成社にも行っていたことが判明した。

【主な登場人物】

サン・ビレジ株式会社

社長　衣笠誠治（創業者）
　　　衣笠葉子（衣笠の妻）
専務　佐藤郁雄（創業メンバー・事業本部長）
常務　関本渉（創業メンバー・学校開放担当役員）
弁護士　堀田貢（長崎時代の顧問弁護士）
　　　及川毅（唯一サン・ビレジ側についた顧問弁護士）
　　　大石明子（及川弁護士の同期）
　　　相良仙一（元検事で教育錬成社の主任弁護人）
社員　大岡修二（経理部長・最初の犠牲者）
　　　尾崎忠司（米国支社長）
　　　音成敏司（総務部員・若手のホープ）

ヤシキコンサル

会長　　　　屋敷計　　（創業者）
社長　　　　田川庄蔵　（元税務署署長・税理士）
専務　　　　屋敷エリー（屋敷の妻で米国人・コラン社社長）
公認会計士　今里良介　（派遣上場コンサル・京都大学卒）
　　　　　　園田昭一　（派遣役員・一橋大学卒）
税理士　　　沼田誠　　（仙台の沼田会計事務所代表）
弁護士　　　岸本一光　（屋敷の親友・監査役）
　　　　　　陣川卓也　（一番若い顧問弁護士）
社員　　　　五反田さゆり（派遣秘書・元上場企業秘書）
　　　　　　村島五郎　（派遣役員・イェール大学卒のＭＢＡ所持者）
　　　　　　柴田翔太　（元証券マン・早稲田大学卒）

冷《つめ》たい握手《あくしゅ》

——企業《きぎょう》防衛《ぼうえい》戦争《せんそう》の軌跡《きせき》

令和七年三月三十一日　初版発行

著　者　衣笠誠治

発行者　田村志朗

発行所　㈱梓書院

福岡市博多区千代三—二—一

電話〇九二—六四三—七〇七五

印刷・製本／大同印刷

ISBN978-4-87035-825-6